福岡縣篠栗靈場一番寺的瀑布（攝於昭和 45 年 10 月）

福島縣會津木賊溫泉（攝於昭和 45 年 5 月）

瀨戶內六島（攝於昭和 45 年 8 月）

福岡縣篠栗靈場御手洗瀧（攝於昭和 45 年 10 月）

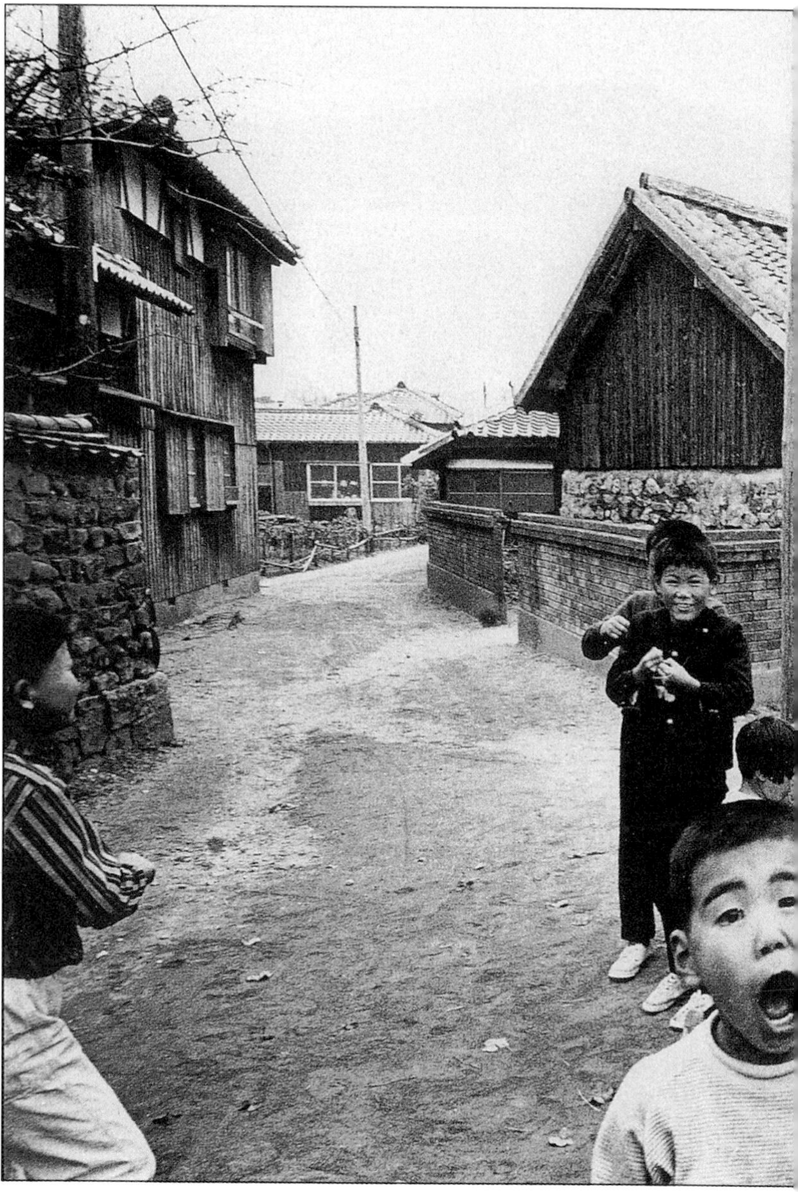

大分縣國東半島姫島（攝於昭和 45 年 10 月）

岡山縣牛窗（攝於昭和 46 年 3 月）

香部美容院

福島縣柳津西山溫泉附近（攝於昭和 46 年 5 月）

秋田縣黑湯（攝於昭和 51 年 9 月）

秋田縣蒸之湯（攝於昭和 44 年 9 月）

在時間裡，散步

walk

walk 028

貧困旅行記

作者｜柘植義春
譯者｜陳幼雯
責任編輯｜陳柔君
封面設計｜萬亞雰
內文排版｜簡單瑛設

出版者｜大塊文化出版股份有限公司
105022 台北市南京東路四段 25 號 11 樓
www.locuspublishing.com
服務專線｜ 0800-006-689
電話｜（02）8712-3898
傳真｜（02）8712-3897
郵撥帳號｜ 1895-5675 戶名／大塊文化出版股份有限公司

法律顧問｜董安丹律師、顧慕堯律師

總經銷｜大和書報圖書股份有限公司
地址｜新北市新莊區五工五路 2 號
電話｜（02）8990-2588

初版一刷｜ 2022 年 10 月
定價｜新台幣 380 元
ISBN ｜ 978-626-7206-00-3

Printed in Taiwan

貧困旅行記

HINKON
RYOKOKI
TSUGE
YOSHIHARU

柘植義春——著
陳幼雯——譯

大塊文化

目次

四

五

六

解說

「貧困旅行」的背後／夏目房之介——292

※本作於平成三年（一九九一）九月由晶文社出版。新潮社文庫版新增了「旅遊影像①、②」、〈旅行年譜〉、〈上州湯宿溫泉之旅〉、〈追憶旅籠〉。〈旅行年譜〉與「旅遊影像①、②」的部分照片最早載於平成三年十二月北冬書房出版的限定本《柘植義春資料集成》；〈上州湯宿溫泉之旅〉和〈追憶旅籠〉最早載於平成六年六月筑摩書房出版的《柘植義春全集別卷》。

一

蒸發旅行日記

讀深澤七郎的《風雲旅日記》，書中寫道「旅行是到異地遊歷後返家，但我的情況略有不同，我會定居在那裡」。他的旅遊方法甚是了得，而我以前也有過類似的經驗，雖然沒有眞的定居下來，不過啟程前確實做此打算。

當時是昭和四十三年（一九六八）早秋，目的地是九州。我之所以選擇定居九州，是因爲我的結婚對象，那位女性人在九州。話雖如此，其實我和這位女性素昧平生，僅僅魚雁往返兩、三次，我對她的理解只有她是我的漫畫迷，最近離婚了，在婦產科當護士。

「她是什麼樣的人呢？」我試著想像。

「如果其貌不揚就麻煩了，但如果只是有點醜的話我就忍一忍吧。」我心想，反正只要婚先結下去，婚姻就可以是將我綁在九州的理由。我打算不再畫漫畫，就隨便找個工作，在遙遠的九州過著寧靜的生活。「與離過婚的女人相處會輕鬆很多。」我擅自認定她一定會嫁給我。

口袋裡只塞著手頭的二十幾萬圓[1]和鐵路時刻表，我一身輕便地搭上了新幹線。我也沒有處理自己的租屋處，反正房內只有書桌和被縟，我消失了大概也不會麻煩到房東，因此就沒去想要怎麼善後了。

我在名古屋轉乘紀勢線，到三重縣的松阪住了一晚，隔天搭乘近鐵，上午就抵達了大阪。開往九州的列車還要一個小時才會發車，我到車站地下街喝咖啡，試圖平息心中的不安。這段旅途到名古屋爲止，我都還興致勃勃，但是大阪之後的行程我從未涉足，內心突然忐忑了起來。如果這是一趟普通的觀光旅遊，我或許會很雀躍，但實非如此，導致我的決心有些動搖。中途繞去松阪也是因爲我心生迷惘，舉棋不定的緣故。

「還是就算了？」我猶豫不決地走出店家，眼前看到一棟中央郵局[2]的大樓，這間是總局，因此星期日依然有窗口營業。就這麼碰巧，讓我看到了這間郵局，我決定取消九州行，買張明信片寄給千葉的一間旅社，向他們訂房。雖說九州行已經取消了，但直接折返東京也沒什麼意思，我打算在大阪附近遊歷

1 依現在的價值換算，大約是現在的二～四倍，也就是大約四十～八十萬日圓。

2 中央郵局：設置於日本一級行政區中心地帶的大型郵局。當時大阪的中央郵局緊鄰現在的JR大阪站，已於二〇一二年拆除。

一下，然後到千葉過著悠閒的日子。

再次返回大阪站的時候，前往九州的列車眼看就要發車了。雖然已經寄信向旅社訂了房，但我仍有一絲遲疑。倘若現在不出發，難保我還會有第二次的機會，這樣下去我就得回歸日常，回去過鬱鬱寡歡的日子，實在苦悶。不知將開往何方的列車即將出發，月台上傳來刺耳的發車鈴聲。往九州的列車再五分鐘就發車，在鈴聲的催促之下我最終死了這條心，抱持著演員衝上舞台的心情，買了往小倉的車票，並在發車前夕衝進車廂內。

列車開動後，我終於鬆了口氣，心想：「沒想到人間蒸發這麼困難啊」。人間蒸發好比現實中的演員衝上舞台，脫胎成另外一個人，而演員在舞台旁過於緊張不安時，難免想吐或跑廁所。只不過舞台終有落幕之時，人間蒸發卻無幕可落，你只能一直演下去，只能活成另一種人生。戲演久了，最後可能演成日常、演成現實了。儘管這些我都心知肚明，還是衝上車來了。

列車發出悶悶的「嗡嗡」聲，我一時間無法脫胎成另外一個人，只好一直閉著眼睛，平息心中殘存的緊張感。行過廣島之後，車內廣播開始介紹安藝的宮島，此時我張開眼睛看向窗戶，發現玻璃窗上停著一隻大蒼蠅。蒼蠅一動也

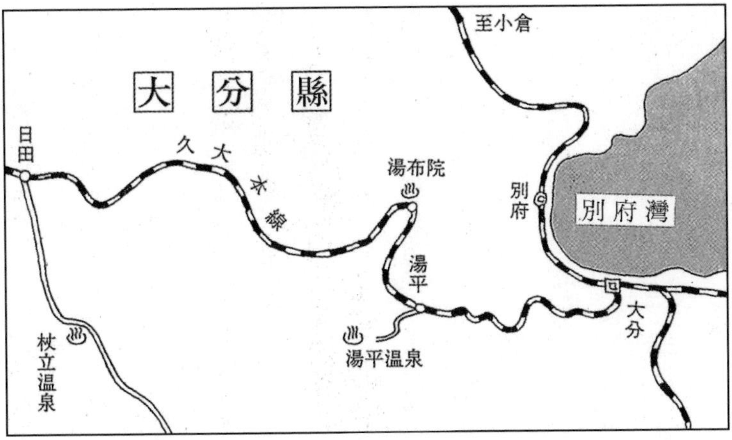

不動，不知道是不是因爲車廂的冷氣太強，凍住了牠。我不斷盯著蒼蠅看，了無興致眺望窗外的宮島。

這隻蒼蠅或許和我一樣是從大阪上車的，這代表牠會搭著車前往九州。去了九州就再也無法回頭了，這樣在九州要怎麼活下去呢？

我恍恍忽忽地想著。

走道另一邊的座位上，有一個年輕女性和中年婦女在說話，她們應該不是同行的乘客，兩人的話題是九州。大概在駛過小郡之後，我向那名年輕女性攀談。

「九州是什麼樣的地方？」

我問她，而這位感覺很好相處的女性告訴我：

「去九州玩嗎？那水前寺公園還不錯喔。」

「這座公園在哪裡？」

「在熊本，我也要回熊本，如果不介意的話，要不要我替你帶路？」

她問道。她說她在大阪做女工，現在要回熊本。我心想「熊本也不錯」，便考慮隨她而去，和她定下終身大事。我不在乎對象是誰，小倉那位護士我還沒有見過，不過眼前這位女性的品性我大概了解了，感覺也不賴。我比較在意的是這名女工說她要回熊本的老家。老家會有父母或兄弟姊妹在，事情會變得很麻煩。我稍微尋思了一番，最後還是決定打消這個念頭，在小倉下車。

小倉的天色已暗，車站前五光十色的霓虹燈熱鬧非凡。在這個夜晚的陌生街道上，駐足於人潮中的我，內心又變得忐忑不安。我想尋找一個下榻處，卻不知道該何去何從；我知道護士工作的T診所與地址，卻對於那裡是遠是近毫無頭緒。儘管只要一通電話就能得知，但是下榻處不定，我的心也不定。我環顧四周，看到一間旅社介紹所，進去諮詢後，他們介紹了一間名叫「新月」的旅館給我。旅館派了一名微胖的中年女子步行來迎，我背對車站默默跟著她往右走，那感覺如同要被一個掮客帶去可疑場所一般，反而讓我愈發忐忑。魚町商店街似乎是小倉第一的鬧區，走進去之後，便看到正對著柏青哥店的新月旅館。新月的外觀簡陋如愛情賓館，不過進到館內便看得出是間大型的商人旅宿[3]，四、五名中年女侍也都很和善，我內心總算踏實了。

晚上九點左右，我打電話到那位護士（暫且稱她爲「S子」）工作的T診所，得知星期日S子休假。她的工作應該包住宿，所以大概是出門去了哪裡。

隔天一早我用完早餐就外出，這裡是車站前，通勤族與學生熙來攘往，神色匆忙，空氣中洋溢著一天即將開始的活力。在這之中，唯獨我的心情是脫離日常生活的，這讓我有點愧疚，又有點孤獨。身爲外地人的我混進人群中後佯裝鎮定，是因爲我爲隱瞞自己的眞面目而心虛且覺得愧歉，要是外地人的身分曝光，我擔心會有被圍毆的風險。如果今天這個外地人只是普通遊客，或許也沒什麼大不了的，但人間蒸發這個行爲讓我產生一種的奇妙心理狀態，像是從現實、從日常，或是說從這個世界悄然抽身而出。我從這個世界抽身而出，卻又在九州這個現實的世界裡佯裝鎮定、試圖融入其中，我提心吊膽著，不知被人發現我不是這個世界的人時，自己會落得什麼下場。

3 商人宿：早期的商務旅館，又稱站前旅館，房客以行腳商人為主。

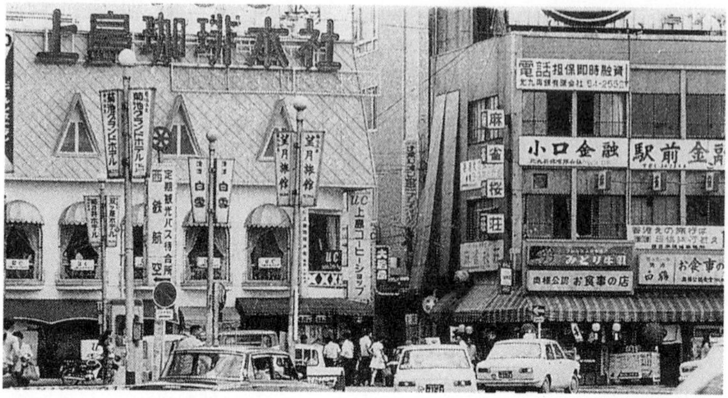

小倉站前，魚町商店街

魚町商店街的入口處有一間上島珈琲店，漫無目的的我走進了這間店。店裡坐滿了貌似準備出勤的上班族，他們匆忙地飲用咖啡、「啪啪啪」地翻閱報紙，整間店鬧哄哄的。我一身便服就出門了，別人應該不會察覺到我是個外地人，但我還是想佯裝自己也是忙碌的上班族，於是攤開報紙，瀏覽徵人啟事與租屋情報。雖然我確實有這些需求，不過是出於遊客不會看求職與租屋欄這點，我才起心動念要演給當地人看（儘管沒有任何人在看我），覺得這麼做應該很有效果。實際上我只是心不在焉地在看報。

離開上島珈琲店後，我先回下榻處一趟，直到午餐時間再次外出。我每次外食大多是吃大衆食堂的粗茶淡飯，今天也找了一間差不多的入內用餐。小小的店內僅設有吧台座位，鄰座兩名貌似熟客的男子，與店員大嬸有說有笑的。眼看這氣氛，好客的大嬸會找我攀談，我緊張萬分，深怕不會九州方言的我露出外地人的馬腳。

在那之後我爲了打發時間，上街散散步、打打柏青哥、去書店轉了轉，不知道是不是因爲離開東京之後一路緊張過了頭，現在反而感覺身心舒展開來，宛如收驚回魂一般地豁然開朗。我在書店看到《人類存在心理學》[4]這本書，就把它買回了下榻處，躺著讀書聊作消遣，結果讀來並不有趣。書中解釋了何爲「人類的存在」，雖然可以理解箇中理論，可是既然我對於眞實的情感無能爲力，讀了仍舊無濟於事，因此讀到一半就棄書了。

晚餐前我再次打到S子工作的T診所，S子接電話了。我告訴她我現在就在小倉，大吃一驚的她失聲驚呼，馬上搭計程車飛奔而來。她是個嬌小纖細型的美女，笑瞇瞇的她不一會兒就和我熟絡了起來，而我卻有點失望。她雖然貌美，人品好像也不錯，看來沒有什麼缺點，我卻莫名覺得我們之間有隔閡，感覺不是很合拍。

4 作者為谷口隆之助、佐藤功和早坂泰次郎，一九六七年川島書店出版。

「舍弟是您的忠實讀者，我也跟著迷上您的作品。我在〇〇町租的屋子有一間六疊[5]和一間三疊的房間，再加上廚房，也有冰箱和電視，不過我的工作幾乎是包住的，所以偶爾才能回到租屋處。」

她滔滔不絕、講話飛快，而且不知道有哪裡好笑了，言談間一直發出笑聲。感覺她很健談又很外向，這種活潑的個性並不符合我的喜好。我本來以爲只要沒有太誇張的缺點，對方是誰我都不在乎，結果我還是有所好惡。只是說既然要過上截然不同的人生，改變喜好也是應該的吧……我看她也不是壞人，不但有房，家具還一應俱全，不如就概括承受這點小事，與她結了這個婚吧。

我告訴她我是逃家而來的，她沒有特別訝異，反而表示歡迎。

「您來我家的話，舍弟也會很樂意過來喔。」

此話出乎我的意料之外。她的弟弟好像是大學生，這個遲至此時登場的弟弟一出現，讓我有種突然被拽回了現實的感覺。我明明是萬念俱灰才選擇人間蒸發來到此地，她卻能維持著極其日常的態度（雖然這是理所當然的），這其中的落差讓我困惑不已。

接著她又語速飛快地講了離婚的始末，訴說她在離婚後失意地前往山陰的

5 疊：面積單位，一疊約為〇．五坪。

萩旅行，一度打算自殺。還幾乎與前述毫無關係地，講了她去海水浴場的快樂回憶。倦意席捲而來，我想要早點就寢了。

「那我今晚可以住妳那裡嗎？」我問道。

她說診所禁止無故外宿，我們接下來直到下星期日都見不到面，然後她十點左右就回去了。

現在變成我要乾等她一個星期了，我連玩三天的柏青哥還是熬不下去，遂決定出門旅遊。下榻處的老闆娘告訴我一遊杖立溫泉、湯布院和湯平溫泉的路線後，我便踏上旅程。抵達別府後，先搭公車前往湯布院住一晚，第二天投宿湯平的白雲莊。

湯平是座落於山間的溫泉療養地，年長的湯客尤其多。石板路的窄巷和石階縱橫交錯，舉目皆是開在狹長山谷兩岸間的旅社，看來倒是都清閒而寧靜。深夜裡，飢餓的我出外溜達買了一串香蕉，路上正好看到脫衣舞秀的招牌，便入內去看表演。

脫衣舞秀於大型旅館的別館房內演出，老舊的木造房屋一片寂靜，讓人懷疑現在是否已經沒在使用。入口木格門旁貼有粗糙的手繪海報，寫著「關西脫

湯平溫泉

衣舞女王，笠原淳子，本地初次公演」。我將香蕉揣進浴衣的懷裡，踩著嘰嘰作響的樓梯上二樓。雖是別館，但館舍相當大，長廊也連通好幾個房間，只是杳無人跡，無燈亦無火，氣氛頗爲詭譎。走廊盡頭有一間房，房內流瀉出微弱燈光，從門縫往內探只見兩個人，一個是戴著貝雷帽的矮小中年男子，一個是年約三十、舞孃模樣的女子，他們懶散地躺臥著看電視。我出了聲，他們帶我到隔壁十疊大的房間，除了我之外，房內不見其他看官。貝雷帽男表明自己是經紀人。

客房內搭了個以夾板架高的簡陋舞台，台下只有桌子、三個鋁製菸灰缸與空無一物的大火盆。舞台側邊垂下紙條，潦草的字跡寫著「每次公演爲唱片七首歌曲，時約二十五分鐘，敬請見諒」。舞台背景僅有隔屏，用以與隣室的休息間區隔，中央孤伶伶地只有花圈一環。在我側躺著吞雲吐霧、等待開演時，聽見休息間傳來電視的棒球聲，舞孃與中年經紀人在聊棒球，彷彿是邊聊邊準備表演。最後經紀人高聲一呼，以「讓您久等了」作開場，唱片播出了演歌調的惆悵樂音。

舞孃戴上傳統假髮，一襲紫色和服登場。她的舞藝拙劣，不過三曲就亂了

湯平溫泉，我在這間旅社的房間中欣賞了脫衣舞秀

衣襬，舞至第四曲開始寬衣解帶，敞開朱紅的襯衣，讓陰部若隱若現。我掏出買香蕉找的一千七百圓放在舞台上，用手勢示意她張開雙腿。舞孃一本正色瞄了眼小費，但是對於我的要求不予理會。我不是一時「性」起，只是在這愁苦不已的氣氛感染下，想試著做一個愁苦的看官。不過我也很意外自己膽敢如此，平時的我明明就膽小怯懦，三、四天前收驚回魂、得到解脫之後，好像就此豁然開朗，不再鬱悶、不再惶恐不安。

　舞台燈光誘引一隻巨蛾誤闖而入，擔心受怕的舞孃蹙眉縮頸，躲避飛蛾，臉上掛著險些要慘叫的表情繼續舞蹈。我見狀心生憐憫，趁巨蛾停在舞台前方時，迅速用鋁製菸灰缸蓋住。此時舞孃露齒微笑，或許為了投桃報李，她應允了我的要求，走到我面前大方張開雙腿。我不禁苦笑。

舞畢，經紀人出場熄去舞台燈光，我們三個人便坐在舞台邊享用香蕉。她很在意棒球的賽果，問：「王與長嶋[6]怎麼樣了？」在大方開腿後若無其事地聊棒球，這種生活也挺好，我甚至心想：「不如直接跟著他們，巡迴各地討生活吧。」我可以負責畫看板與海報，只要有心，或許還能延攬客人……

[6] 指的是當時隸屬讀賣巨人隊的王貞治與長嶋茂雄，兩人合稱「ON砲」。

「生意如何？」

我問道。經紀人回：

「這個城鎮沒啥搞頭，只是約都簽了，沒輒。」

看來他們暫時會在此處逗留，而我想的是即刻追隨他們出發巡演，因此這話我聽了頗為失望。

隔天，我下榻杖立溫泉的千歲館。從久大線的日田站搭公車，約一個小時抵達山中的杖立。杖立溫泉大有煙花柳巷的味道，我在下榻處附近尋得一間脫衣舞廳，那舞廳是從極其平凡的民家改裝的。我在晚餐後去了一趟，但是時間

杖立溫泉

可能太早，現場一個看官都沒有。有一名舞孃正在舞台旁的走廊上妝，我探問了幾句，她叫我九點左右再來。重返舞廳的時候現場已經高朋滿座，不過觀眾席總共也就只坐得下十來個人，於是我在最後一排站著觀賞。

舞孃一襲睡袍登上舞台，她突然喊道：

「那位哥哥別見外，往前站吧，你不是從東京來見我的嗎？」

她拿我尋起開心了。剛剛我們一對一交談時，她沉默寡言，甚為害臊，但是一上舞台突然就變了個人似的，百無禁忌。與湯平的舞孃相比，她年輕迷人，穠纖合度。我對她投以熱烈的凝視，不知怎地她在舞蹈時也對我頻送秋波。我心想：「這下有機會了。」

她的眼神彷彿透露了千言萬語，我回到下榻處後依然輾轉難眠。即便服了慣用的安眠藥，今晚依然睡不著，藥效還讓我如酒醉一般，於是我重回脫衣舞廳，一場表演才結束，觀眾席空無一人。下一場表演要先等人到齊，我等不及，問了要幾個人才開演，問到的答案是至少五、六人，因此自己付足了五人的費用，霸占整個舞台。

她只別了個蝴蝶結就準備起舞，我招手要她坐到面前。我在舞台前第一排的座位上，她走上前來正襟危坐。我輕輕碰了近在眼前的大腿，內心猛地就萬馬奔騰，接著我撫上她臉頰，她始終靜靜地沒有動作，愁緒莫名湧上我心頭，我雙手環抱住她，像是在哀求些什麼。她溫柔地撫摸我的頭髮，舞台的靡靡之音或多或少催化了情緒，我開口：

「這樣就好，這樣心神好像就安定了。」

甜言蜜語脫口而出，我接著又說：

「今晚陪我吧。」

語畢，我見她點點頭。

「可是大姊（老闆）禁止我們無故外宿，我去問問看。」

她這麼說讓我有點徬徨。不過在休息間目睹一切的大姊似乎有所意會，問：「你們談妥了？」苦笑之餘她還是予以首肯。她說不希望被誤會這是有金錢往來的賣春交易，因此不會派舞孃前往我的下榻處，要我另覓他宿。

我先回下榻處一趟，靜候她的表演結束，萬萬沒料到我會和一個脫衣舞孃約出場。那樣的女人背後肯定有可怕的小白臉，我卻不顧一切感情用事，平常的我難以想像自己會如此膽大包天。從蒸發以來，我的心好似消失到九霄雲外，縱情過頭，一直處於懸浮於空的狀態。

十一點表演結束後，她應該會先沐浴更衣，我看準時間動身，前往指定的旅社。那旅社專供人共赴雲雨，我臥在房裡看雜誌等她。「她真的會來嗎？事情是不是太順利了？」我內心略有不安。

她姍姍來遲，比約定的時間晚了三十分鐘。沐浴後卸去妝容的她，頭髮變短了，與剛剛判若兩人，原來她在舞台上戴著長假髮。她脂粉未施的樣子就像個平凡的姑娘，年約二十。見她羞赧地低著頭，我苦無話題，於是以普世的出身背景爲題發問。她原本在博多當女工，卻受男人所騙，被拐賣到杖立溫泉。

我問道：「妳常常來這種旅社嗎？」

「很久以前跟一位老爺爺來過……我很不想，但他硬是拜託……」

她如此答道，我稍微放鬆了些。她又說：

「東京人眞是溫柔。」

我反問她：「爲什麼？」

她回答：「因爲遣詞用字很溫柔。」

她在舞台上的模樣荒淫風騷，現在卻稚氣無比、骨瘦如柴，委實惹人憐愛。

隔天早上十點，醒來時她已不見人影。我吃的安眠藥有張說明書，紙張背後留下草草幾行字，放在我枕邊。

我想和你通通信，恭候你的來函。

我會照你說的把頭髮留長。

很抱歉我不告而別。

但是看你睡得很甜，我就先走了。

你也好好努力，不要想太多。
要寫信給我喔。

地址　小國町╳╳╳M・T方、F・M子

就此一別似乎不太好，我先返回原本的下榻處整理儀容，隨後前往脫衣舞廳打招呼，打算順道致個謝，但是聽說她出外散步了，不在這裡。

我前往公車轉運站，上了十二點發車的公車。今天星期六，我和小倉的S子約好要見面，星期六晚上到星期日傍晚是她的自由時間。

距發車前還有十分鐘的空檔，我坐到最後排的座位，暗自慶幸最後沒見到M子，我實在不擅長在這種情況下道別。但我心中倒也不是全無不捨，只是這不捨並非來自對她的傾慕，而是我想像了與她的婚後生活。我心想：「當脫衣舞孃的小白臉，浪跡各處溫泉地倒也不賴。」

我心生逗留之意，瞥眼看向公車後方，卻見到了M子。M子推著嬰兒車，邊照顧老闆的小孩邊散步，她走在陽光反射的刺眼柏油路上，面無表情地接近公車後方。我滑下座位藏起自己，然後閉上眼睛，甩開心中的不捨之情。公車發車了。

我在日田轉乘火車，四點抵達小倉。S子七點來，說今天打算回老家，因此已經取得了外宿的許可。她有弟弟，也有老家，此時提起父母兄弟，簡直是被當頭澆了冷水。然而以人間蒸發的條件而言，有租屋又有穩定工作的S子會是絕佳人選。她既勤奮，又願意爲男人效犬馬之勞，而我好吃懶做，我們應該會一拍卽合。

該怎麼辦呢？我猶疑了，還抱持著遲疑不決的心情和S子睡了。隔天，她沒有回老家，整天都和我在下榻處廝混，傍晚五點左右，她才爲了準備病患的餐食而離開。S子對於我失蹤至此的原因不聞不問，也絲毫不以爲意，似乎毫無窒礙地接納了我，但是她或許不認爲我會就此和她同居，因此她的意思是，我可以先回東京，三思之後再來過，說完這些之後便與我道別。

回到東京後，我不想直接回家，繞去神田的旅館住了兩天反覆思量，然而一旦走了回頭路，蒸發就不是蒸發了。後來S子頻頻來信，言詞懇切，我也曾動搖過，卻終究沒有回過任何一封。

回首當年，那些輕佻的行徑總讓我羞愧不已，同時卻又覺得，我的蒸發尚未告終。現在的我已娶妻生子，歲月也靜好，卻不時會閃現一個念頭，彷彿自己來自他方，如今依然在蒸發中。

（昭和四十三年〔一九六八〕九月）

※照片攝於隔年重訪九州時。

二

大原・富浦

◈大原

我們一家三口久違地去了外房[1]的大原，上次造訪大原之時孩子尚未出世，不知已相去幾年。兒子正助下個月滿七歲，這是他初訪大原。大原的土地令人懷念，既是母親的故鄉，我也曾在此度過兩年的童年生活。此地還有其他親戚，只是已經全無往來。大舅擁有釣船若干艘，操持釣客旅宿[2]「△△丸」，供釣客歇腳；大姨從事海女一職，兒子是漁船的掌舵手。約二十年前，我們母子倆去住過大姨家，她採了海中的石花菜，爲我們製成「心天[3]」。心天甚是美味，那海潮香令人懷念到熱淚盈眶。後來我又幾度造訪大原，卻沒再靠近過那個家，也沒有拜訪過釣客旅宿，因爲我實在不善交際應酬。

1 外房：指千葉縣南部，房洲的外海太平洋沿岸區域。

2 釣宿：提供釣客住宿的旅館，有的會提供出借漁船的服務。

3 心天：水煮紅藻類，放涼凝固製成「心天」，通常會製作成粉條狀的鹹食。

夏天早已結束，十月底才去海邊，我也是覺得挑錯了時節，偏偏約二十天前去了甲府的昇仙峽之後，玩心一直收不回來，工作無法進入狀況，在家裡也坐立難安。家人雖和我有志一同，但對於不斷旅行的奢侈行爲，卻又不免內疚。於是我們找了個冠冕堂皇的理由，決定去海邊放生飼養的寄居蟹。

今年夏天，我買了五隻寄居蟹送給正助，其中四隻一個多月就死了，只剩一隻倖存。那隻寄居蟹有海螺大，似乎是奄奄一息，逐漸不再動彈。雖然只是寄居蟹，但牠體型偏大，我們既不忍束手待斃，又找不到人收養，一直在苦惱該如何是好。後來我們達成共識，認爲放牠回大海也算日行一善，於是讓寄居蟹進到正助的背包，隨我們一同出發。

中午左右出門，四點半抵達大原。我們在車站前喝杯咖啡，漫步邁向前幾天訂的國民宿舍[4]「大原莊」。大原莊位於濱海的松林之中，距離車站徒步約二十分鐘。沿鹽田川而行，河岸有一塊大原町出售的分割地[5]。這塊地十年前價格低廉，每坪僅三萬圓，當時我小有積蓄，曾想過要買下，長居久安。此事我告訴已故的石子順造先生後，他說他頗有興趣，我就替他帶了路。我們走過海邊，看了漁港，石子先生登上八幡岬的崖上，對於眼前的景色讚不絕口：「很

4 國民宿舍：在自然環境豐沛之處搭建的公營遊憩設施，使國民能以低廉的價格達到健康與娛樂之效。

5 分割地：不動產公司購買原本並非住宅用地的大片土地，如山林或農田等，在進行土地分割之後，以住宅用地的形式出售，大多位於郊區。

好，太好了，我住的燒津（靜岡縣）那裡的海遠遠比不上這裡。」幾天後我們一同去辦理抽籤，承辦單位卻始終沒有任何音訊。事隔一年，我將此事轉述給母親，她說若干年前，另有一地做了第一次分割，當時已為了搶地鬧到頭破血流，不可能把地分給外地人。我聽說抽籤不分縣內縣外，一視同仁，但是母親對於故鄉沒什麼好的回憶，她多有譴責，直說：「鄉下就是鄉下，何來公平可言？」

十年後的現在，行經那片分割地，只見雜草叢生，建物僅有三棟，而且都是海產加工廠，腥臭四處飄散。照母親所言，房屋沒蓋起來多半是出於投機。石子先生總把「我希望自家的外廊能看到大海，我想要昏昏沉沉打打盹」掛在嘴邊，三句不離口。而他的消沉，或許與身體虛弱有關。我帶他走訪大原，爾後約三年，他就辭世了。

來到鹽田川河口時天色已暗，此時正值漲潮，浪潮翻湧，從大海躍向河口。風來水起，陰暗的岸邊捲起白色浪頭，右方漁港燈火明滅，我眺望了一會兒，感覺自己快要跌入孤寂的黑洞之中。

大原莊就在河口的左手邊，即便在這個時節還是幾乎客滿。其他旅宿都無所用心，因此我總投宿大原莊，不過這裡用餐要在食堂與陌生的房客一起，令

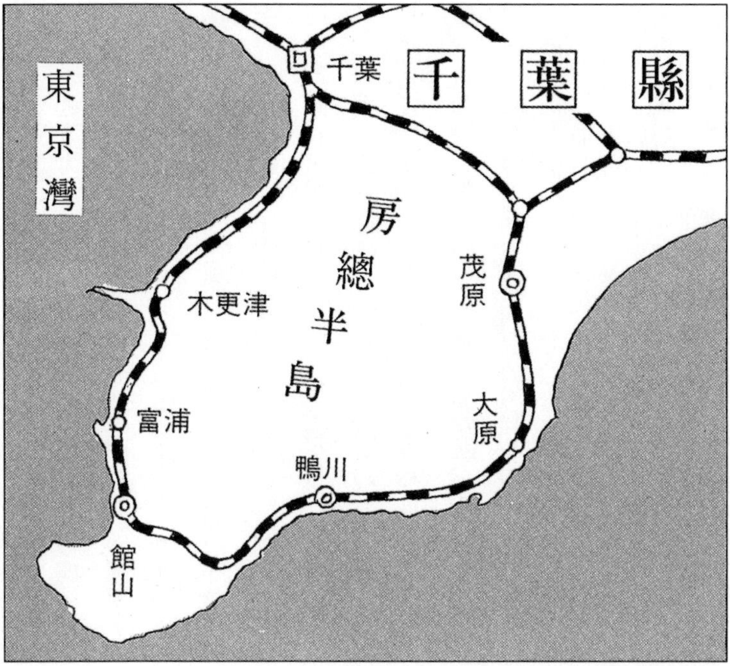

人食不知味。這一天東京S區衛生所的職員團體入住，泡澡時也是我一人混在團體中，進退侷促。

夜裡無所事事，我大剌剌地躺下。雖說玩心未歸，但是熟悉的地方走訪起來還是乏味。我取出正助背包的寄居蟹放在房間一角，牠依然一動也不動。太太與正助百無聊賴，十點就睡了。我平常習慣晚睡，到午夜兩點還睡不著。明天本想登上我帶石子先生去的八幡岬，此時卻胡思亂想起來，想著正助會意外墜崖，而我發瘋似地手足無措，結果在被縟中反而愈想愈清醒。爲何我總習慣在睡前幻想這種慘事？

隔天十點，離開宿舍時還細雨綿綿、凜凜冽冽，不過轉眼就停了。百餘名熱愛衝浪的年輕人在鹽田川河口附近的海域玩樂，垃圾散落在季節不對的沙灘上，寒氣颼颼。手中的寄居蟹或許是感覺到了大海而探出殼來，然而牠分明從昨晚開始就文風不動。我們輕輕把牠放在沙灘上，牠倒退而行，捲入海浪之中。

今天不遊八幡岬，改在漁港附近閒晃。我見到我四、五歲的兒時居屋，便告訴正助「爸爸以前住這裡喔」，結果他毫無興趣。兒時居屋很小，屋簷低矮，原本是間理髮廳，門面也是理髮廳的樣子，如今都變了。對面有一間名叫「旭洋館」的旅宿，我十餘年前下榻過，那時女主人還和我聊了母親年輕時代的事。現在旭洋館也歇業了。

當時母親把理髮廳的空間租了下來，冬日賣關東煮，夏日賣冰。小本生意沒有機器可刨冰，都用刨刀手工刨削，店裡也沒有存放冰塊的冰箱，大小事都讓她煞費苦心。我的父親是廚師，當時去東京討生活，鮮少回家，更就此病死於東京。

父親死後不久，我們舉家搬遷東京，因此我在大原只住了兩年左右。

看著老舊不堪的兒時居屋，心想房屋早晚會被拆毀，於是讓太太與正助站在家門前拍了張照。（事後給母親看了照片，她說那是隔壁人家，我們的居屋已經毀於某次祝融。我竟對著隔壁人家感時傷懷，實在笑話。）

阿嬤以前獨自住在附近設有防火瞭望塔的公民館，我也重返了舊地，模樣一如往昔。小學一年級時，我從東京被疏散[6]到阿嬤身邊，在那個公民館生活了三個月。阿嬤不寵孫子，總是冷言相向，在寬敞的公民館中，祖孫倆的生活陰沉又孤單。

這些回憶我沒向妻兒提，原想走去車站，卻認錯路來到一間大型的食品雜貨店。

「喔，以前想買的破房子就在這裡，我記得是這間店後面。」

我邊說邊走進一旁的巷弄，對妻兒招手。後方是停車場和倉庫，我們沒買到的老房子昔日就在此處。

在帶石子先生來看分割地的兩年前，我不看好自己的漫畫生涯，尋思遠離

6 當時正值日本二戰期間，面對來勢洶洶的空襲，以孩童為首，計畫性地將大都市的人民疏散到鄉下。

都市、出逃鄉下，靜靜在此地生活。於是我們夫妻倆來大原找地，房屋仲介介紹了這間老房子給我們。土地三十坪，鑿井一口，是間平房，內部格局包含迴廊、八疊房、六疊房、四疊房和三疊大的廚房。屋子雖極爲老舊，不過只要將廚房翻新就能住人，總價一百三十萬圓，近乎免費的低廉價格深深地吸引了我，幾乎都決意要下手了。（順帶一提，當時我們居住的城鎮，地價一坪三十萬圓。）

兩、三日過去，我再度偕友人去看房，隔壁食品雜貨店的男主人聽到拆卸防雨窗的聲響，跑來厲聲譴責，問我們在做什麼。我們澄清房子是房仲介紹的，男主人卻說房子屬於他親戚，周圍也全屬於S氏宗親，出售一事聞所未聞。他那種對待闖空門小賊的態度，讓我不太愉快。

我詢問房仲這段售屋的原委——原來此屋的男主人是S家的一員，職業是漁夫，但葬身大海，太太不到四十歲就守寡，又與S家處不來，於是帶獨生子離家。她出逃木原線的國吉，距離大原不近也不遠，在一間詭異的酒店陪酒。原來她沒和夫家商量就決定售屋，雜貨店男主人一家也不曉得寡婦的行蹤。

從雜貨店男主人的態度，可以想像他們一家人的嘴臉，我也不想住在這裡了。考慮了四、五天後，房仲來電，說房子現在拿去做百萬圓借款的抵押，而且還有諸多棘手的問題，勸我打消買房的念頭。我二話不說就同意了，內心猜想，房仲恐怕已經受到食品雜貨店男主人的威脅或利誘。

今時今日，看到這塊地改建成食品雜貨店的停車場，就知道是被橫搶硬奪的。太太問：「那時，要是我們住下來了會怎麼樣呢？」似乎是在說，住下來或許凶多吉少。純然因爲興之所至而遷居固然有其趣味，有時卻足以改變命運。這樣一想，從中作梗的食品雜貨店，或許反倒讓我們因禍得福。

◈富浦

單單走訪大原沒什麼出遊的感覺，我們想要多住一宿，於是經鴨川轉乘內房線，來到富浦。這是我初訪富浦，我喜歡的作家川崎長太郎筆下的小說《富津・富浦》（ふっつ・とみうら），以富浦爲舞台，因此我對此地有些興趣。

在這篇小說中，年近七十的主角與年輕太太從橫濱搭渡輪，展開一趟富津與富浦的小旅行。主角躺在客椅上，意興闌珊，無意上甲板看海。他們去富津岬稍作遊覽，接著來到富浦，富浦的後站有座綠油油的山丘，山腳下一棟宛如火葬場的建築物，煙囪正吐著煙，這番景象讓行將就木的主角觸景生情。他們下榻在一間海邊的陋宿「房州屋」，夫妻倆在昏暗的燈光下靜靜用完晚餐，主角獨自外出散步，以助消化。上了年紀的他，內臟老化，消化也不佳，在寂靜無聲的夜路上，走著走著放了好幾個屁。回到旅宿後，他在被縟中回想起火葬場，便問太太在自己死後有何打算，結果她反應冷淡，說可能會去非洲旅遊，嫁給外國人等等。

川崎長太郎在小田原海邊的倉庫中生活起居，他以蜜柑紙箱爲桌，以燭火爲光，寒冬中雙手就著燭火取暖，寫著一篇又一篇賣不出去的私小說。他個頭小，一副窮酸樣，牙齒也不全，儘管如此，他還是會對附近平價食堂的女店員眉目傳情，還是會前往煙花柳巷，哪怕對象是妓女依然急著想婚。他一旦攢了點積蓄，看到存款變少就會膽戰心驚，這般悲慘、孤獨又沒出息的人生況味，與我多少有雷同之處，讓我深有所感。年過六十，與小自己三十歲的年輕太太如野狗般相偎相依，一同前往富津、富浦旅行，這篇作品的冷冽滋味烙印在我心上，難以忘懷。

抵達富浦站後，我在後站放眼尋找火葬場，結果只見一面平坦的田園，不

富浦的海岸

見火葬場。詢問之後，站務員還一臉訝異，說這個鎮上沒有火葬場。走進站前的喫茶店詢問「房州屋」時，也發現沒有這間旅社。

私小說的創作固然基於事實，不過創作終歸是創作，作者或許改用了化名，篇名的「富浦」也才刻意以平假名標音不表意。只是萬萬沒料到火葬場是虛構的，著實被擺了一道，我不禁苦中帶笑。

儘管如此，我還是按書索驥，循線往海邊走，尋找可能是「房州屋」的旅宿。站前的街道冷冷清清，走一小段，遇國道右轉。國道的左斜前方還有幾間商店，而右轉直行馬上進入郊區，也不見家屋了。從這一帶眺望崖下的大海，會看到小小的海灣與漁港，景色近似於伊豆半島的偏僻漁村，是個好地方。

我們沿陡坡而下，到漁港看看。漁港闃然無人，水泥地經過清水潑洗，甚是整潔。眼前有一間旅社「逢島館」，風格古樸而穩重，原以爲這裡就是「房州屋」了，不過小說中旅宿的門口就是國道，因此多半另有其宿。我倒不是非「房州屋」不住，接下來比較想找我們自己的下榻處。

「逢島館」感覺甚佳，我也望眼欲穿，可惜要價八千圓，一百公尺外的「竹乃屋」和「富浦館」也要七千圓。再行兩百公尺，往海灣深處走去，有一間民宿「曳舟」。「曳舟」於兩年前新建，整潔乾淨，又面朝海岸，我們決定就住這間。

「曳舟」的餐食極盡奢華，用餐時我一直忐忑不安，擔心餐費另計。餐點包含長達二十公分的明蝦沙拉拼盤、涼拌生海螺、兩條炸蝦與蔬菜天婦羅、二十公分大的紅燒平鮋，還有竹莢魚和紅甘的生魚片，這些算一人份。太太卽刻估算成本，說「這樣賺不了錢耶，怎麼辦才好啊」，因著人家事在操自己心。

富浦的民宿——曳舟

無獨有偶，《富津・富浦》中入住房州屋的主角妻子也估了食材的成本，天下女人都有同樣的行徑啊。

子夜裡，風雨驟然交加。整間民宿別無其他房客，服務人員悄然入眠，太太與正助也在睡夢中，唯我獨醒良久。我又一次耽溺於無濟於事的幻想中，遙想自己老了會不會活像川崎長太郎那般。雖然我沒有娶年輕太太，不過我的畫稿銷量不甚理想，我們的下場或許差不了多遠。

敲打窗戶的雨勢愈發猛烈，雷鳴隆隆，我站起身看向窗外，只見近海的閃電頻頻。窗戶的防雨波浪板只掩了一半，雨水橫敲猛打著，吵醒了太太，她問：「是暴風雨嗎？」我們排成「川」字而睡，我對太太招手，她來到我被褥前，旋即脫下內褲。我心想不知暌違幾個月了。閃電時不時為房內帶來光亮。

一夜雲雲雨雨後，隔天豁然晴朗。在沙灘上焚火的人，說今秋的低溫以此時為最。寧靜的淺灘上可見海苔養殖，也能眺望出入東京灣的船舶，緩慢得猶如靜止一般。我還沒到思考餘生的歲數，卻萌生了一個念頭，想著能不能在這樣的地方，過著沒有任何刺激的生活。

寒氣逼人，我們決定早早撤離，沿著昨天的來路前往車站。路上有一間小小的魚鋪，太太說：「等一下，我去問問紅甘的價錢。」我們平常沒在吃紅甘，所以昨天她不知如何估算魚價。太太站在店門口沉思今晚要煮什麼菜，最後買了竹莢魚乾。

（昭和五十七年〔一九八二〕十月）

奧多摩貧困行

正助要我五月連假帶他出遊，在他的催逼之下，我決定帶他去檜原村走走。他的同窗似乎都去了科學萬博[1]，他反覆追問：「只有我們沒去，爲什麼不去啊？」我只好說：「自然比科學更重要啊！」終於苦口婆心說服他。前幾天正助學校才去檜原村遠足，參觀只剩十餘名學生的數馬分校，因此出門前我還刻意做球給他：「那就請正助帶路吧。」

那天下午我們好整以暇出發，到五日市轉公車，抵達本宿的入村口時大約是四點。這是我時隔十九年的重遊，站在深V的秋川谷橋上，我懷念地眺望風景。還記得橋邊有家旅宿「橋本屋」，今天本來想下榻於此，又不確定這裡如何變化，因此先訂了入山深些的國民宿舍。往日行經橋本屋時，感覺它頗有偏僻的商人旅宿或釣客旅宿之風，住的彷彿都是資深旅人，讓我甚是好奇，此地

1 指的是一九八五年茨城縣舉辦的國際科學技術博覽會。

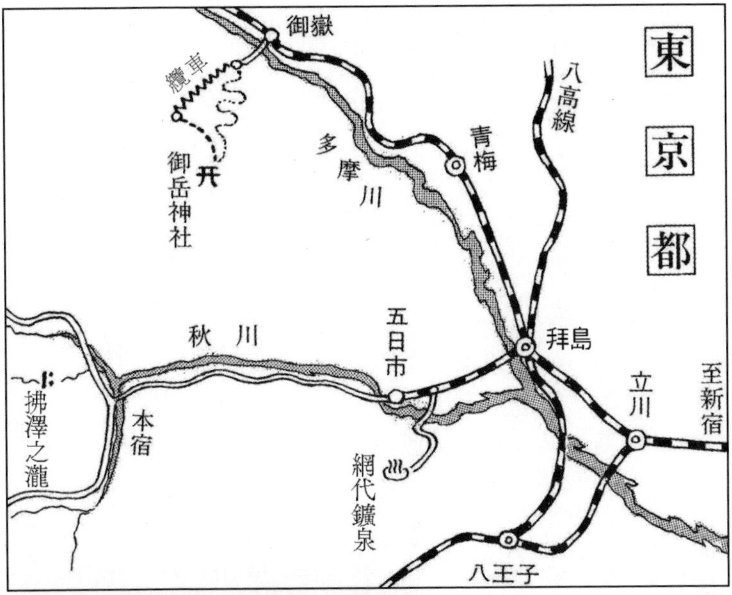

檜原村本宿的橋本屋

景致也因窄道瘦橋而顯得荒涼。如今建物略有改變，周遭的樹林被淨空，街道顯露無遺，減損了當時的風采。橋本屋前通往數馬的道路變得氣派，車來車往不斷，使得景色也令人厭煩。無一處的景色會因爲道路整修而受惠，十九年前下榻的秘境數馬，如今也俗氣了。

在橋本屋前繞進數馬反方向的那條路，步行約十分鐘，抵達拂澤之瀧的入口附近，今晚的下榻處就在這兒。我鮮少預約從沒見過的旅宿，不過連假不可能隨到隨住，而國民宿舍也沒什麼優劣之分，因此還是先訂房了。站到旅宿前，我才發現自己對這裡也有印象。雖名爲國民宿舍，村方卻已經委外民營，我記得十九年前應該還不是宿舍，風格也高雅，如今房屋已經老化，旅宿只有單層樓，著實罕見。

我們被帶到走廊盡頭的房間，我看了大失所望。就是一個六疊大的空間，沒有壁龕、沒有窗簾、沒有鏡台，只有一台每小時一百圓的付費電視，不是舊得耐人尋味的那種房，是舊而無味。庭院一棵樹都沒有，只晾著內衣褲，太太與兒子沉著臉面面相覷。

我們喝了杯茶後，往旅宿後方走，前去拂澤之瀧。杉林扶疏，小徑陰暗，約十分鐘便抵達瀑布。瀑布共分四層，但由於傾斜的角度關係，只看得到十二、三公尺高的第一層，感覺虧到了。瀑布水量意外多，潭水也深，站在邊緣打量依然深不見底。正助讀了告示說明，得知此水供應了檜原村的用水，就說要用可樂瓶裝水帶走。他最近迷上好喝的水，開玩笑說：「超市也有賣瓶裝水，我裝這裡的水回去可以賺到錢喔。」

返回下榻處，我們一起進入容納不下三人的澡堂。宿舍規定晚餐要在食堂吃，但狹小的食堂卻如廚房般散發一股臭不可耐的生活味，我們只好端走餐食，穿過走廊魚貫回房用餐。配菜淨是食不裹腹的粗菜，塑膠容器裝著的丼飯也吃不飽，於是我們又魚貫折返，回食堂添飯。服務人員態度不差，大方地爲我們加了餐飯。

晚餐後我無所事事地躺臥在泛黑斑的榻榻米上，地面帶著微微的寒氣，房內又無火光，使得我心神難安。玻璃窗正對庭院，瀑布方向的山巒黑壓壓近逼眼前，讓正助驚魂不定。這扇窗無法密合，既無紗窗也無窗簾，蛾類飛蟲會乘縫而入，百般無奈只能關上防雨窗。隔著玻璃窗，防雨窗內側的污垢一覽無遺，關窗後彷彿被囿於箱中，令人鬱悶。我這幾年經濟拮据、生活困窘，心始終放不寬，住這種旅宿有種滲入骨髓的蒼涼之感。我並不嫌棄簡陋的旅宿，有時候還能視之為一種況味，不過當一家三口同在一處時，心境也一如日常，難免忍不住哀嘆幾聲。

隔天早上我們別無選擇地在食堂用餐，吃得味如嚼蠟。我看到食堂牆上貼滿了魚拓印，釣客旨在釣魚，只求一宿能眠的便宜旅宿，因此我猜這宿舍的房客多為釣客。時序雖然已經五月了，山間早晚氣溫仍舊寒氣逼人，日光從食堂窗戶灑落，照著味噌湯的煙霧裊裊升起。晨曦之光猶如落日，讓我內心平靜了下來，原先對這間旅宿多有不滿，轉念一想，自己的工作和年紀都在走下坡，這間旅宿或許正適合我。

原本打算從旅宿繼續往山裡去，沿北秋川而上，走訪上游的山村，無奈昨晚我沒睡好，身體也不適，就此決定折返。從橋本屋旁上公車沒多久，正助就暈車了，看他暈車，彷彿也要傳染到我身上來。我們便半路在本鄉下車，從秋川的沿岸道路，步行前往五日市車站。這一帶到下游的山谷頗為開闊，白砂石的河灘美不勝收，遊客也絡繹不絕。河岸的棣棠花和杜鵑花盛放，沿岸人家風光明媚，山間小屋與山莊錯落其間。放眼河灘，處處有烤肉或炒麵的人家，煙

茅草屋頂的網代鑛泉

霧瀰漫。我們也下河灘一瞧，卻又無事可做，只是愣愣地看著快樂的人們。見正助暈車不舒服我也悶悶不樂，就此病懨懨地走了將近四公里的河岸小徑。

在五日市站前用午餐的時候，正助已經恢復精神了，他說不想現在就回家，於是我們在隔壁站增戶下車，前往網代鑛泉[2]。路途迢迢，渡過秋川，再沿山坡走三十分鐘，總共將近一個小時。正助喊腳痛，開始步履蹣跚。網代鑛泉孤伶伶地佇立在杉檜蓊鬱的幽暗林中，我很少在離家這麼近的地方見到茅草旅宿，如此

2 鑛泉：台灣法定的「溫泉」包括三〇度以上的溫泉與三〇度以下的冷泉。而日本的鑛泉有兩層意涵，第一種是依據《鑛泉分析法指針》的規定，鑛泉以二五度為分界，二五度以下稱為「冷鑛泉」，二五度以上為「溫泉」，亦即溫

古色古香的鄉下旅宿讓我內心激昂。我們叫喚了幾聲，想不到一位農褲裝的老婦出來回絕，說房位已滿。眼看不像有遊客的蹤跡，我們也繼續請託，結果她反應冷淡，說他們不接散客。她拾起掃把在外廊清掃，作勢想把我們掃地出門。旅宿本身固然好，我也甚感遺憾，可是仔細一看，房舍彷彿埋沒在樹林之中，景觀不佳，出了旅宿也沒有散步的好去處，多半會住得無聊。

折返的路程依然漫長，正助哭喪著臉，說他走不動了。我招手攔下經過的車，慶幸對方爽快讓我們上車。我已筋疲力盡，對方願意載我們去五日市街道，實在感激。

我認爲在離家不遠的地方連住兩晚很奢侈，原打算返家，不過妻兒不理睬我，只說想去奧多摩。連假的奧多摩多半人潮洶湧，無房可住，太太卻說市區的商人旅宿也無妨。又要帶著腳痛蹣跚的正助，又要尋找下榻處，此事難辦，我實在百般不願，然而行至拜島時，開往奧多摩的電車正巧進站，無暇思考之下直接上了車。

電車行過青梅時天色已暗，這個時間沒有西行的乘客，車內空空蕩蕩的。從車窗看不見多摩川的深谷，不過這藍中帶白的景色讓人如入深山，太太也驚

泉和冷泉都是鑛泉的一種；第二種則是狹義的用法，單指「冷鑛泉」，本書的「鑛泉」多是第二種用法。另外本書針對現名「溫泉」者，仍以「鑛泉」稱之（如網代鑛泉、養老鑛泉），這有兩種可能，一種就是前述的第一類用法，另一可能就是「溫泉」屬於一般俗稱，無論泉溫幾度、是否為加熱的冷泉（即「沸し湯」），習慣都以溫泉稱之。由於作者稱「鑛泉」有其獨特之處，中文皆直接沿用，未另行修改。

嘆：「和秋川那裡完全不一樣，好美喔。」我十九年前曾一路深入奧多摩的小河內水壩，路上風光早已忘懷，此時恰如初見，於是我沿路定睛凝神，欣賞谷地燈光閃現的夜景。

我們在御岳下車，猜想這裡的旅宿較多。出了驗票閘門，一旁就是遊客中心。職員說旅宿都集中在御岳山頂，不過那裡全都客滿了。他致電問了幾間旅宿都未果，聽得我們惶惶不安。雖然我已經熟稔旅遊了，但是日落後還無處可住，這種憂心實在熟稔不來。職員連遠處的旅宿都問了，沒想到遠在天邊，近在眼前，最後在車站附近找到了一間。

沿著與鐵道平行的青梅街道步行三分鐘，有一間面向大街的割烹[3]旅館「五州園」。旅館前停了一排高級車，一看就要價不斐，讓我望之卻步。太太說：「反正就去問問價錢，交給我吧。」我和正助蹲在路邊，垂頭喪氣地望向日落的街景，心想反正多半住不起。

「一人八千圓，怎麼樣？」

太太協商出了一般的行情，就旺季來說並不算高昂，但是我們從沒住過六千圓以上的地方，因此我很猶豫，割烹旅館也不是我所好。心想：「人家好

3 割烹：一種高級的日式料理，原意為「烹飪調理」，氣氛比起「料亭」更輕鬆、親民，主廚會依客人的喜好即興烹調，客人可以在吧檯就近觀看主廚的廚藝。

不容易才幫我們找到這間，再去找其他地方太辛苦了。」這才決定入住。

旅館外觀看似只有一層樓，實則沿著崖壁坡面建了四層，走下長長的樓梯，在坡地上的中庭換上木屐，接著被帶領至離屋。四層樓的本館是水泥建築，離屋是兩層木造屋，宛如廉價的公寓。不過二樓房間整潔乾淨，比其門面更有旅宿樣。因爲是邊間，窗邊有個木製扶手可坐，下方還有潺潺溪水流過。離屋或許是比本館低階，女侍才說「客人很多，只剩這種房型了」，但對我們來說這兒已經好得出乎意料，八千圓合理。父母開心，正助也有所反應，他突然跳起來恢復了精神。

女侍退下之後又端來了茶盤，問：「請問要用晚餐嗎？」我們回道：「是此打算。」難道餐費要另計嗎？我一時間慌了手腳。女侍退下後，一家三口都惴惴不安。

「割烹旅館的餐費是另外計算的嗎？早知道一開始就問清楚了呀。」

「如果是的話怎麼辦？錢不夠付的話，我們說不定要留下來幹活了。」

「正助會幫忙擦擦走廊、掃掃地唷。」

在不安之餘，正助還是說說笑笑的。不過我喜歡這間客房，決定即便會額

御嶽站附近的多摩川

外多收費用，也做好心理準備。有上個月微薄的退稅金入帳，錢也帶來了，沒什麼好擔心的。我重新振作，拍拍胸脯說：「別怕，有山給你靠，放寬心吧。」正助爲著父母的反應忽喜忽憂，著實有趣。

住宿費這個心頭刺順利解決，隔天早上我們神清氣爽地離開旅館。出來後立刻從馬路下到溪谷，有一條很小的遊覽步道，我們朝下游的御岳橋邁進，走過昨晚住房的下方。眺望御岳橋附近的溪谷，我久違地爲自然的景色所感動，有如視線模糊的雙眼得到了洗滌。過去我不曾因景色而心有所感，或許是心境有所變化，讓我能心存感激地欣賞這片風景。

走過御岳橋下方，河岸旁有一座停車場和遊戲場，雖有遊客，卻少於秋川一帶，我稍感意外，或許是水流湍急不適合遊河之故吧。我只求能飽覽風景便心滿意足，對這片風景是看也看不膩。對岸有一間玉堂美術館。

從溪谷返回崖上的馬路後，有一處公車轉運站，我們搭了約十分鐘的公車，前往登上御岳神社的纜車站。搭纜車直接攻頂，七、八分鐘就攀上標高八百公尺的山上。站前有一排商店和展望台，聽說這裡能望見東京都心，可惜浮雲蔽空，秩父群山與雲取山都不見蹤影。

循著平坦的山腹小徑前往神社，看到陡坡上有一處石牆圈住的聚落，還有小間的分校，此處曾為御岳講的御師[4]聚落，保留著頗具風情的茅草屋舍。如今御師的住處變成很普通的民宿，另外還有幾間迷人的旅宿，讓人很想住上一宿。太太愛上了此地，她去其中一間旅宿問價，得知是五、六千圓，直說：「下次一定要住這裡。」我一直不知道這種山裡藏著這般美麗的聚落，簡直是人間仙境啊。這麼說來，丹澤山腳下有一處名為蓑毛之地，大約十九年前，我也在

4 信奉御岳神社的村莊或家族稱為「講」，每年會派代表參拜者登御岳山參拜；「御師」為神職人員，負責擔任當地的嚮導。

御岳山的美麗聚落

那裡見過蓋在陡坡上的御師屋舍，時隔多年，不知是否依舊。

行過聚落，走上坡道，這裡矗立著一棵天然紀念物「神代櫸」，據說樹齡已七百。接著再拐個彎，來到類似門前町[5]的地方，一整排土產店人聲鼎沸，讓我差點忘了自己身在山中。接下來爬了約莫兩百階石階，終於抵達御岳神社。御岳山頂標高九百二十九公尺，因此神社的海拔應該將近九百公尺，即便大汗淋漓登上山來，稍作休息就湧上寒意，氣溫似乎比地面少約五、六度。我們參拜神社，求了籤，

5 門前町：在寺廟神社等宗教場所周邊形成的聚落或街區。

得到末吉，回首平時的自己，抽到此籤不無道理。

四下沒什麼可看之處，我們旋即下石階來到有店家地方，進入茶店歇息。竹簍蕎麥麵六百圓，罐裝可樂兩百圓。山上沒有車道，所有貨物都要透過纜車或徒步搬運，物價自然高。不過沒有車道的山上我求之不得。

店裡頻頻傳來鳥鳴啁啾，我望向角落，看到數個小鳥的籠箱疊在一起。所謂籠箱即是裝鳥籠的方形箱，蓋子做成拉門形式，讓內部不致過暗。我猜想，他們之所以採用這麼正式的飼育方式，是因爲這座山是野鳥的寶庫，據說中西悟堂[6]也常來登山。在這種地方，或許能遇到獵鳥師，眞想會會以捕鳥爲生的奇人。

我們回程不搭纜車，而是沿著古老的參拜道路下山。這條古道距離山腳的纜車站約三公里，沿路是成排的巨杉，走到一半，才發現每棵樹上都掛著號碼牌。當時已經跳號六百多，想來總數應該甚多。沿小徑下山的只有兩、三個年輕人，一路寂靜無聲，不時可以聽到樹鶯的鳴叫。

走到半山腰時，看到路邊有個年輕的攤販在賣可樂與果汁。在這種無人問津的孤寂山中，有什麼生意可做嗎？走了四、五公尺後，我實在有點於心不忍，

6 中西悟堂（一八九五～一九八四）：日本的野鳥研究家，創設「日本野鳥之會」，推動動物保護的相關法令，也從事文學創作，主題多與鳥獸相關。

於是回頭買了三罐冰鎮在桶中的果汁。他恐怕是沒有資金，無法在店家林立的那條路上開店，儘管如此，仍舊扛著笨重的果汁跋山涉水，實在辛苦。我邊走邊談論這件事，對正助說：「白手起家的通常都是這種人，他會幹出一番大事業。」每次想到自己，我就說不出什麼訓誡之言，也從沒說過，這次是一時衝動才脫口而出。

「那個人眞的沒有錢嗎？」

「對啊，所以他才這麼努力啊。」

「沒有錢要怎麼找錢？」

簡直對牛彈琴。

沒多久，正助又哭喪著臉說他腳痛，他裝腔作勢佯裝走不動，令我不悅道：「都四年級了還一直唉唉叫，眞沒骨氣。」我一路對他軟硬兼施，直到回家才知道，他的腳痛不是出於疲累，而是拇指尖長了一顆黃豆大小的水泡。山路陡峭，全程下坡的路程意外難行，我膝蓋也不斷打顫，花了一個小時才抵達纜車站，然而，走這樣的山路自有其樂趣。

原以爲奧多摩離家短短一個半小時，不會有什麼出遊的感覺。實則不然，我愛上了御岳這一帶，以後還想重遊。雖然難免有蒼涼之感，不過就一趟近距離的小旅行而言，倒也不賴。

（昭和六十年〔一九八五〕五月）

下部・湯河原・箱根

◈下部

不知道近來的小說家會不會長住在溫泉旅宿進行創作，早一輩似乎有很多小說家會這樣做。他們是比現在的小說家富裕？亦或是當時的住宿費低廉？無論如何，我很訝異他們不會入不敷出。在山野散步、泡湯飲酒，不時還會喚來藝妓作陪，這樣的生活甚是雅致，倘若如此也能以小說爲業，代表那是個美好的時代吧。

我對此並無嚮往，不過一直關在家裡畫稿，難免悶悶不樂。這種時候，我不會先掂掂自己的斤兩，一心想著要是逃到某個寧靜的溫泉鄉開工，心情必會豁然開朗吧。

可惜畫漫畫不能只靠原稿紙和筆，必要的工具和資料得全數搬去，旅宿客房轉眼化身工作室，難以在愜意的氣氛中創作。漫畫創作是體力活，沒有餘力飲酒作樂、靜聽流水。結果勞師動眾換了地方，只是讓自己的案牘勞形醜態畢露，丟人現眼，故而也鮮少聽聞漫畫家在旅宿創作。不過比起雜亂的窩，旅宿更能讓人帶著好心情專心工作吧？我造訪溫泉地的時候不時會湧現這樣的想法。當然，我也很清楚憑自己的收入是異想天開。

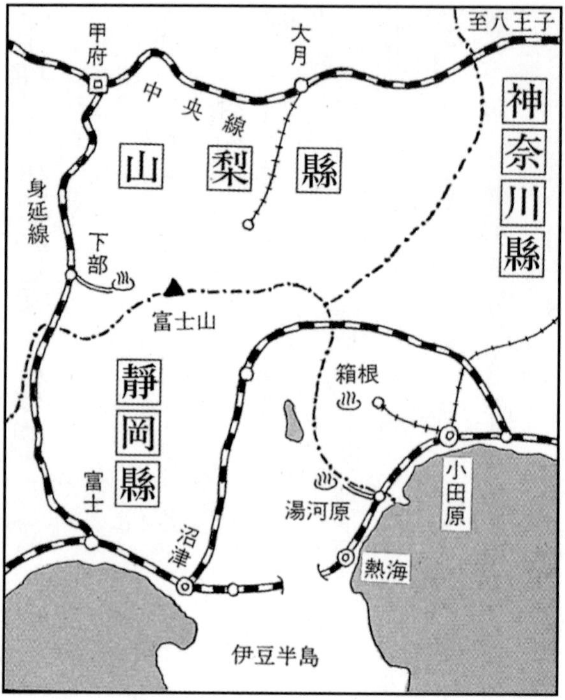

今年夏天，我繞了下部、湯河原和箱根一圈，各住了一宿。我的工作委託從時有時無轉趨穩定，心情上多少雀躍了些，想著未來或許能在旅宿創作，因此有時會懷著這念頭評估旅宿。

走訪下部時，下榻的是三層木造屋「大市館」，純和風的氣派旅宿在清一色的水泥建築中尤其突出，我自知要價不斐，抱著自嘲的心態詢價，答案是一萬圓。時值暑假旺季，我知道走遍日本都差不了多少，要價一萬並不意外。大市館的客房沉穩又寬敞，只見識過國民宿舍、民宿這類便宜旅宿的家人也喜歡。「偶爾可以奢侈一下呢。」在巡過房間格局後，妻兒旋即大啖桌上的茶點，碎屑還不時掉下嘴邊。我素來習慣枕著手臂，大剌剌地臥躺在地，若是長住在這種旅宿工作，想必會寅吃卯糧。

過了半晌，負責房務的女侍來敲門，說希望能惠賜簽名板，我聽了大驚失色，整個人跳了起來。女侍說：「本館少當家是老師的忠實讀者，在房客表上拜見大名，故冒昧來求。」我趕忙正襟危坐，儘管內心惶恐不安，表面還是故作鎮定而老練地回道：

「是嗎？可以啊，可是現在沒有書寫工具，等我回家再寄贈給貴館吧？」

復古的木造三層樓旅宿——大市館

結果女侍回：

「那我們立刻去購買簽名板與筆奉上。」

若是習慣在旅宿創作的文人，想必會大筆一揮，毫無窒礙地寫出一手好字，但初次經歷此事的我已經頭昏腦脹了，根本畫不出來。

「簽名板的種類繁多，我只用鳥之子的。別擔心，我一定會寄到貴館的。」

我謅了幾句讓自己脫離險境，其實鳥之子的簽名板隨處都有賣，不過女侍可能以為這是專家使用的特別簽名板，於是接受了我的說詞並離開。

萬萬沒想到這般一流的旅宿也認得我的名，讓我徹底慌了手腳。我沒有特別改變態度，但難免謹言慎行起來，以免人格受到質疑，結果反而讓自己進退侷促。想來名聲響亮的文人雅士都會爲此感到拘謹不自在，在旅宿創作或許沒有想像中愜意。

我在玄關瞄到少當家整理脫鞋的模樣，他年約三十，可能是因爲個性內向，才沒有親自來拜託我。（幾天後我依約寄回簽名板，館方則回贈了葡萄。）

話說回來，大市館後方有一間「源泉館」，似乎是井伏鱒二的愛用旅宿，這位愛好釣魚的文豪寫過自己與源泉館老闆釣魚同樂之事。拜讀過的我對於文豪的下榻處是怎生模樣甚感興趣，而我所見的似乎是旅宿的門面（多半不是後門），單從外觀來說索然無味。大市館面河而建，源泉館位於大市館後方，景觀就差強人意，似乎沒有文豪的風格。不過我自己找到了一套說詞：這種屈居人後的低調姿態，可能隱含著去蕪存菁的高度，不，或許連高度都感覺不到，只是眞實無華。

下部鑛泉是甲州第一的名湯，我昭和四十六年（一九七一）來過身延，最近一次是三年前（昭和五十七年）來到鄰近的甲斐常葉，不過兩次都沒有造訪下部。竊以爲這般赫赫有名的地方大概是娛樂勝地，而且加熱的冷泉總讓人略嫌不足。不過我漸漸發現，比起開放式的溫泉，鑛泉莫名有種陰濕的氣味，而就印象來說，相較於熱氣騰騰的溫泉，藍綠色的清涼冷泉更有一種濃烈到足以沁入心脾之物。大市館的浴場是一處地下洞窟，入浴眞眞像是入了靈水一般。這條街上有飯店，稱不上多偏僻，不過城鎭規模比我預期的小，湯客也淨是老人，我意外地頗爲中意這個山谷間寧靜的療養之地。

◈湯河原

隔天，我們搭乘身延線，沿富士川南下。富士川過去是條磅礴的大川，水運發達，上游的鰍澤更是繁華一時的水都。如今泥沙堆積，水量減少，處於接近乾涸的狀態。日本的河川在設堰建壩後，無一條不枯竭。隨著列車前行，我望向窗外，猜想倘若富士川依舊浩浩湯湯，眼前景致或許會別有一番風情。

列車到富士站併入東海道線後，突然加速疾駛，開往三島。烏雲低垂，蔽去了富士山。即便列車埋頭狂奔，也跑不出富士山廣袤無垠的山腳地帶，不見其影更讓人遐想其巨大。列車止於三島，我們轉車，穿過長長的丹那隧道，出隧道時發現熱海一側已經下起雨了。我們欣賞了盛夏的寧靜大海，看雨水打在浪頭，望緩緩長浪。

昭和三十一年到三十五年間（一九五六～一九六〇），我來訪湯河原三次，當時站前的攬客者衆，如今這般悠哉的景象已不復存在。車站到溫泉街將近兩公里，沒有雨具的我們難以尋覓住處，只好搭計程車，請司機替我們找一間預算一萬圓以內的下榻處。「不可能啦。」他說歸說，還是幫忙問了幾處，最後終於找到一間「壽莊」，我們便下榻這間再平凡不過的旅宿。我硬是轉念安慰自己平凡才見深度，倒發現這裡確實不差。客房數雖多，卻不見房客蹤影，清閒到發慌，還說房間可以任選。如此舒適自在之處，說不定適合權充創作長居的私房旅宿，但是要價一萬仍舊讓人卻步。

湯河原自古就是人文薈萃的名勝，奧湯河原尤其出名，文人住過的更是水漲船高，反而貴到讓老百姓住不起。不過據司機方才所言，最近連文人也鮮少來訪，要怪就怪昔日那種穩重的溫泉街氣氛不再，魅力盡失。以前不但土產店

湯河原溫泉

林立，更是條紅樓青樓雲集的花街，路上就能聽到吉他或三味線的曲調，還能穿著浴衣上街漫步，往日的溫泉街，如今只剩絡繹不絕的疾駛車輛，不再能漫不經心地散步。最後導致湯客大門不出，路上不見人影，百業蕭條，觸目所及一片死寂，只有三間土產店、一間小型的柏青哥店和射擊遊戲店。隨著旅館擴張爲飯店，室內的娛樂設施一應俱全，外頭就更加冷清。滄海桑田至此，令我大失所望。

我首次造訪湯河原是爲了當O老師的助手，O老師是少數嘗試在旅宿創作的漫畫家。當時我們下榻於「花乃屋」，占地內有一座紅色吊橋，停留了約半個月，完成一本貸本漫畫[1]。我並非門生，老師找我協助，似乎是希望能夠量產原稿。

老師的稿件是被買斷的，一本四萬圓。住宿費每人七百五十圓，殺價後是六百五十圓，兩個人住一天是一千三百圓，十五天是一萬九千五百圓。午餐我們會省著點，吃外食的烏龍麵，偶爾喝杯咖啡。工作疲乏的時候，老師會請按摩師傅到府，還叫過紅樓青樓的女人陪睡。除此之外，老師麾下養著不知是門生或食客的人，像文藝青年又像書生，在與東京聯繫時將之叫來過兩次，再加上老師和我的往返旅費，以及我的助手費，總計三、四千圓。東扣西扣後，稿費到底剩下多少？老師每晚黏在書桌前，綁著頭巾，孜孜矻矻直到深夜，身體不動如山，唯有響屁連連，與傳統的文人形象似乎相差甚遠。

O老師的漫畫家資歷始於戰前，明明沒見過我們奉若神明的手塚治虫，卻喚他作「手塚治虫小弟」，說來老師其實只是專畫貸本漫畫的三流漫畫家，不曾與一流雜誌合作過。一本四萬圓的稿費，現在算來大約是三、四十萬圓，孤軍奮戰的情況下，即便狀態絕佳，畫一本還是會超過一個月時間。而且買斷的稿件無版稅可領，單憑這微不足道的稿費，真不懂O老師何以如此有勇無謀想

1 貸本漫畫：日本戰後出租業者興起，專門作出租書店出租用的漫畫就稱為「貸本漫畫」，柘植義春與水木茂等人都是以貸本漫畫發跡。

要附庸風雅。當時下榻的花乃屋不知是何時歇業，如今已了無痕跡。

◈箱根

隔天行經小田原，前往箱根。沒想到孩子這麼愛出遊，在他的百般要求下，行程延長了一天。我是窮人之身，總認定箱根與我無緣，故而從來沒走訪過。

從熱鬧的湯本站前眺望，能看見須雲川對岸的飯店、旅社林立，不過我們選擇沿國道而行，前往塔之澤，那裡有一些歷史悠久的復古旅宿。沿途車輛比湯河原更多，個個呼嘯而過，在沒有人行道的馬路上，我們如履薄冰。但願有一條可以避開車輛的路徑，無奈只有國道一條，除了我們之外，沒有半個行人的蹤影。外頭如此危險，大概沒有人能離開旅宿吧。即便出來了，塔之澤也別無店家，只有兩、三間旅宿，而且旅宿都是純和風的高級旅館，我們根本住不起。爲了逃離國道，我們從塔之澤搭登山電車，前往大平台。登山電車走Z字形的折返式路線，腳下就是早川溪谷，地勢之陡峭，眞不愧其天下險要之名。

大平台是山坡上的新興溫泉區，除了二十幾間民宿般的小型旅社，沒有森林或溪谷，景色單調無變化，唯一的優點是住宿費低廉，我們投宿一晚五千圓的「八千代莊」。想不到這兒的餐食淨是些冷凍食品，讓我食慾盡失，在食堂用餐有超過二十位的老人包圍我們，他們寂靜無聲，讓我愈吃愈感落寞。在決定八千代莊前，我們先進了另一間小型旅宿，它的屋型不似旅宿，而像普通的町家[2]；風格不似民宿，而像出租的老公寓，客房只有三間。可惜那裡只剩無窗的陰暗房間，我們就此做罷，不過男主人一副教師樣，讓人會想用功苦讀。我素來喜歡奇葩之宿，事後想想總覺興致盎然，才懊悔當時沒有選擇那一間。

隔天早上九點，房務來打掃，我們被掃地出門。再次跳上登山電車，攀至終點站強羅。強羅充斥著公司宿舍或團體設施，毫無魅力可言，雖然從強羅能轉搭纜車，前往大涌谷和蘆之湖，但我想那裡肯定不如預期，無意再去走一遭。

最後我們原路折返，在宮之下下車。宮之下和堂之島都正對國道，喧囂不已。旅宿只有少少的四、五間，清一色是大型高級旅館，房客以外國人爲多。或許是出於這個原因，這裡有兩、三間古董店。除此之外，還有一間文化財等級、富麗堂皇的富士屋飯店，不過我們只在比鄰的麵包店買了一袋吐司就走。原本打算下到早川溪谷享用，沒想到困難重重。我們四處尋覓入谷口，好不容

2 町家：商人居住的住商混合型住宅，特色是比鄰而建的家屋門面寬度都統一。

易才來到溪谷，那一帶卻受旅館的廢水嚴重污染。溪谷極深，似乎沒有人會特來谷底遊覽。

我們一家三口撕開吐司分食，乾巴巴地吃，愈吃愈淒涼。窮人來訪箱根，除了大平台之外，果然無處可去。我對箱根的印象雖然囿於一己之見聞，但是對於熟習東北地方偏僻溫泉地的我而言，依舊無法理解箱根何以受到歡迎。

（昭和六十年〔一九八五〕八月）

信步鎌倉

孩子學校的創校紀念日加上星期日，剛好是兩天連假[1]，天朗氣清，我們一家三口決定去鎌倉走走。我初訪鎌倉是昭和三十二、三年（一九五七、五八）之時，猶記得當年是從品川搭火車，不過那時只是陪同朋友省親，沒有去任何地方遊覽。此後再也沒去過鎌倉，因此鎌倉之於我猶如初見，我滿心期待。

從小田急線最近的車站上車前往藤澤，轉乘江之電，我初次搭這種單軌的小電車，看車輛擦過房舍的屋簷，在窄路上鑽進鑽出，甚是有趣。有幾間屋子近到從玄關跨足一步，就有可能被電車碾過，我絞盡腦汁，不解何以房子會蓋在那種地方。往右手邊看，腰越的大海在一間間房舍的縫隙中閃現，妻兒雀躍不已，彷彿首次看到大海。

我們在長谷站下車，遊覽長谷寺。旅遊書上寫道，長谷寺、鶴岡八幡宮與

1 日本的學校在一九九〇年代後才開始逐步採用週休二日制。

大佛齊名，頗受歡迎。來到售票處也看到排隊的人龍，寺內人潮洶湧，我們跟著人群進入本堂。幽暗的本堂中，唯獨正面有燈照，燈光下立著一尊金光閃閃的巨大觀音像。進入本堂前我還在與孩子說說笑笑，突然撞見觀音像讓我大吃一驚，不禁倒抽一口氣。這尊觀音像，足以讓人錯以爲佛祖的肉身就存在於此。我們的肉眼看不到神佛，因此我時而理智上否定其存在，時而半信半疑，不過此刻仰望九公尺高的雕像，見其維妙維肖的模樣，彷彿揭示了佛祖確實存在，讓我莫名手足無措。

據傳說所言，這尊雕像是在天平時代（七二九～七四九）漂留到附近海域，我想像身長九公尺的巨大雕像，在烏雲低垂的浪花中漂流，那場景甚爲壯觀。當下沿海的人民是不是都伏首叩拜？做過虧心事的人是不是都驚慌逃竄？在「山越阿彌陀圖」中，阿彌陀佛現身於群山之後，氣勢恢弘，其形體龐然更勝於山，而此尊觀音像的氣勢有過之而無不及，彷彿要世人看清楚，這就是佛祖的眞身。我猜想，長谷寺之所以受歡迎，是因爲明明肉眼不見佛祖，但是祂不但存在於此，而且肉眼可見。

長谷寺內隨處可見供養嬰靈的小地藏群，看祂們密密麻麻排在一起的天眞

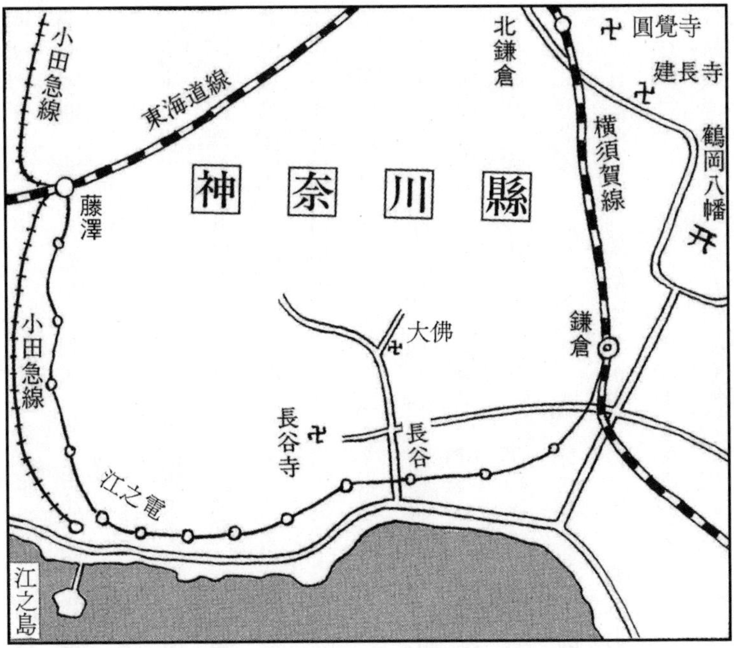

模樣，我心如刀割，彷彿聽到童聲在喊親。我很幸運，沒有遭遇過喪子之痛，倘若有，現在的我該有多悔恨？育有一子的我很清楚。

從本堂沿石階而下處有一方池水，池畔的壁崖中有一處類似胎內巡禮[2]的洞窟，進入洞中又有一口小池，池水清澈，水中的香油錢清晰可見。蠟燭的火光，把刻於

2 胎內巡禮：在各地山岳或靈地，通過狹窄的洞窟或通道後，抵達的地方就稱為「胎內」，這個行為象徵著死後復生，淨化肉體與靈魂。

壁面的佛像映得影影綽綽，十分詭譎。我從小就喜歡窄如地窨的地方，還曾想過以壁櫥爲寢室。這回入洞後，看來我的偏好依舊，若能像以前的修行僧靜坐於此，或許可以讓心神得到平靜。

出了長谷寺後，我們去看附近的鎌倉大佛。大佛比長谷寺的觀音像大得多，但不知道爲什麼我內心漣漪未起。或許是因爲大佛曝曬戶外，神秘的氣氛全無，若能稍作調整置於幽暗的空間中，應該更有感染力。與其透過思辨的方式理解宗教，不如透過莊嚴的氣氛浸染，更容易讓人放下我執。我前幾天去高尾山時，碰巧看到那裡的除厄祈禱，我理性上不信除厄的效果，但是莊嚴的儀式看得我甚爲感動。我產生一種心情，想要當場奮不顧身，將一切託付於此。這裡的大佛原本是堂中物，在被海嘯沖走後就一直曝曬於戶外，戶外的氣氛似乎就是少了些什麼。我們付費進入大佛之中參觀，發現內部一樣空空蕩蕩，無可看之處，比外部更無趣。太太抱怨道：「這樣也要收費，眞奸詐。」

參觀大佛之後我們原路折返，行經右手邊的長谷寺參道，跨過江之電的平交道，往大海前進。我以出門散步的輕鬆心情來訪，手邊沒有詳細的地圖，不曉得該何去何從，只好信步而行。長谷寺附近的街道著實乏味，鎌倉雖有古都之名，卻不像奈良或京都有老屋可看。我們在海濱看見一間風格復古的小飯店，是該決定下榻處了，但似乎不可能找到一萬圓以下的。左轉，飯店旁有一間民宿，黑色的木造外牆甚是古雅，反倒不像民宿，而有小料理屋[3]之風，讓人不禁讚嘆「不愧是鎌倉」。結果我們入內問房遭拒，說僅收女客。旅遊書不知爲何清一色在介紹女性專用的旅宿，方才太太也看著觀光客說：「看來看去，完全看不到男的啊。」一星期日的人潮固然洶湧，來者卻淨是三、四十的婦女，近來女性的版圖擴大，鎌倉的住宿或許已經目中無男了。

走過民宿馬上看到大海，我們背過大海，走入巷弄。濱海國道上，滿坑滿谷都是汽車、摩托車與年輕人，海上密密麻麻都是遊艇或衝浪客，人潮讓我望之卻步。巷弄裡有一條大水溝和幾座小橋。街燈白晃晃的，身著和服的優雅老者孤伶伶佇立橋上，時值傍晚，可能正好外出散步。鎌倉的巷弄比大馬路更有鎌倉味，我邊走邊品味。

我不記得昭和三十二、三年時我行至何方，只記得那天我往海邊走，見到一片松林，見到沙地一路延入巷弄，也聽到竹圍籬的家屋傳出廣播聲，聽到某處柔和的鋼琴曲，那日午後種種催人眠。時至今日，要到哪裡才能目睹彼時彼

3 小料理屋：提供簡單餐點與酒品的和風餐廳，小規模經營，以吧台座位為主，類似於小型的居酒屋。

長谷寺門前的旅宿——對僊閣

景呢？

不知不覺間回到了長谷寺參道的入口，我們投宿古老的木造旅宿「對僊閣」。我稍早就注意到這間了，只是感覺外觀少了點什麼，因此稍有躊躇。儘管不供晚餐僅供早餐的這點不甚討喜，但是日落後正助也倦了，我們無可奈何住了進來。鎌倉的旅宿不但限女者衆，不供晚餐者也衆，京都同樣有這個現象，難道古都的人都不吃晚餐嗎？

沒想到對僊閣的感覺甚佳，據說建築是明治時期的，玄關有一座高於我個頭的落地鐘，電話室也原汁原味保留下來，頗爲罕見。我們被帶到二樓客房，房間雖舊，十二疊的空間開放又寬敞，陣陣海風也宜人。中年的女主人（或女侍？）安靜內斂，態度甚好。這一切讓我心花怒放，彷彿挖到寶了。對僊閣對面有一間鰻魚店，隔壁是古董店，兩、三間外還有食堂，不供晚餐也不至於傷腦筋。全宿除了我們之外別無房客，趕流行的女客或許不好這一味，反過來想，對僊閣說不定是個私房景點。

晚餐我們到外頭吃了丼飯，接著回去泡澡，泡完開始玩花牌。我平常不著迷也不喜歡花牌，不過每次出遊正助一定會記得要放進背包裡。我別無選擇只能作陪，正助洗牌，每人手牌七張，場上牌六張，他把牌放在鋪成「川」字的被縟上，催促我和太太一起加入。我每每想放水讓他贏，到頭來他依然是最輸的一個。他以前還會無理取鬧地說：「不管怎樣，我都要玩到贏爲止。」最近即便敗下陣來，他也沒有一點苦水，看他默默把牌收進盒子的模樣，讓我有點辛酸。若他耍耍賴，氣氛還會熱鬧、歡樂些，他如此懂事，反倒讓人於心不忍。假使有個弟弟或妹妹，他們手足間可以更加吵鬧不休。此行對正助而言分明是趟無聊的寺廟巡禮，但是他乖乖跟著父母走沒有半句怨言，倦了累了也不作聲，此時我就會深切懺悔沒多生個小的陪他。

十點半左右，太太與正助都睡下，我滿心期待明天的到來，內心澎湃，難以入眠。我剛才在對面的古董店相中一尊佛像，猶豫著明天要不要買下來，左思右想，一直很清醒。我老早就想要一尊佛像，時不時還會去古董市集物色，只是一直沒遇見合適的。我知道鎌倉許多古董店和寺廟，多有期待，前幾天就出清舊書，張羅了錢來。

我在對面的店裡看中的是約三十公分的千手觀音，銅像沉甸甸的，不過比起木像我更喜歡金屬雕像。雖說是千手，實則經過省略，左右總共十八隻，不過每隻手持有的東西都很齊全，沒有缺漏。其實比起這種令人眼花撩亂的雕像，我更想要小型而樸實的阿彌陀佛，不過考量到預算，選擇實在不多。我買不起眞正的老古董，老闆也誠實以對，說：「這是明治時期的雕像喔。」我購買佛像的動機是因爲我不甚虔誠，哪怕是學個樣子都好，只求早晚有像可拜，不是老古董也無妨。

隔天早上，平時貪睡的我竟六點就醒來，難得比妻兒早起。我在被縟中聆聽長谷寺的敲鐘聲，聲聲入耳。邊聽邊昏昏沉沉想著，縱然不懂的事甚多，宗教仍舊是好東西。早餐過後，等古董店開張，我不再迷惘，狠下心來買了雕像。

我殺價一萬，以六萬七千圓買下。雕像太沉，需要請店家宅配寄送。

事後我整個人神清氣爽，我們再次回江之電搭車前往鎌倉站。在鶴岡八幡宮的參道上也看到幾間古董店，我們一間一間逛。逛著逛著，太太也說想要佛像，話才說完，碰巧就看到了一尊可喜的懸佛[4]，價格一萬多，太太毫不猶豫買了下來。一片繪馬大小的銅板上，貼了大大小小五尊佛像，風格素樸。那銅鏽是人工做舊的，以價格來看肯定是新品，不過太太心滿意足地說：「即便不是老古董，自己喜歡的就有這樣的價值。」

古董店購買的千手觀音

我們都買到好東西，也為彼此開心，接著站著享用了刨冰，前往八幡宮。穿過鳥居，有一口池塘和拱橋，石橋的弧形近乎呈半圓形，我看有些人腳打滑

4 懸佛：將神佛貼在金屬鏡面或者在金屬鏡面雕刻神佛的物品。

上不了，於是助跑後一口氣衝上去。我們沒進神社參拜，而是穿越腹地，大汗涔涔沿坡道而上，前往建長寺。本想瞧瞧這一帶著名的山景——崖壁切通和谷倉[5]，無奈不知道位置。

星期一的建長寺少有參拜客，寺內格外清閒。建築物老化破損，卻更散發出一股禪寺的樸素況味。近來很多廟宇都改建成水泥建築，雖是情非得已，卻就此少了一味，甚是可惜。

看到高大的木造山門讓我內心激動，在鎌倉第一大的佛門淨地繞了一圈後，我們走去方丈的後方。好端端的佛門淨地內，不知道爲何有一區普通的民宅，外面還晾著衣服，應該也不是和尚的居所，怪哉怪哉。如果一般人能入住，感受樹林包圍的靜謐，我也想搬來這兒。

繼續往裡面走，看到一間小茶店「招壽軒」，據旅遊書的介紹，招壽軒與大正時代（一九一二～一九二六）的私小說作家葛西善藏有些淵源。葛西就讀東洋大學，有一段時期寄宿在建長寺境內的寶珠院。當時茶店的女兒阿勢姑娘天天送餐，還會陪同飲酒，兩人之間日久生情。葛西在老家不但有妻有子，還讓阿勢姑娘幫他生了兩個小孩，這下當然大事不妙了。這些糾葛透過葛西的作品

5 在山地開鑿技術並不發達的時代，「谷倉」和「切通」是前人在山頂或山坡開挖的空間。谷倉是鎌倉時代中期到室町時代前半建造的橫穴式墓；切通則是在陡峭地形開拓出的道路，「鎌倉七切通」就是鎌倉著名的七段通道。

已經廣爲人知，不過我在閱讀他的作品集時，看到葛西之死仍舊意猶未盡，好奇遺族後來的遭遇。葛西死後，版稅收入的權利握在元配手裡，一貧如洗又育有二子的阿勢姑娘後來呢？我有好一段時期特別關心這起案外案。葛西過世的那一年，阿勢姑娘產下么女，當時是昭和三年（一九二八），這代表兩位小孩可能依然健在，甚至還繼承了茶店。雖然很冒昧無禮，但我出於好奇心實在想瞧瞧這間茶店。可惜星期一貌似是店休，從窗戶往內探，像間簡陋窮酸的店。

葛西善藏的作品曾被抨擊爲「醉鬼發牢騷」，但我彷彿在牢騷的背後，聽見了他的求救聲。他的一生淨是牢騷，不過那不是出於自我意志，感覺他彷彿著了魔道，只能活得如此放浪形骸。他在建長寺經歷過臘八接心坐禪[6]，經歷過如此嚴苛的修行，難道佛道沒有讓他得到救贖嗎？

6 在臘八時舉辦精進禪七，最後一天是「臘八接心」。

習佛即知己，知己即忘我也。

這句是道元禪師的名言。也許在文學與藝術的魔道上前進，就等於忘我是不可能的，禪宗也講「不立文字」，意思大概是不要依賴或執著於文字；又或者，藝術臻至的境界，頂多就是堅持自己、目中無人，只求自我提升，也就是所謂的自利（利己）。這代表葛西倘若棄筆，或許還有得救嗎？

離開建長寺，徒步前往北鎌倉站，本想順道遊覽圓覺寺，但我已經精疲力竭，正助也在喊腳痛。想來一、兩天也走不完鎌倉，不如擇日重遊吧。

（昭和六十一年〔一九八六〕六月）

環遊伊豆半島

昭和五十八年（一九八三）晚秋，落葉窸窸窣窣，惹得我心蕭索，此時來了一位意外的訪客。來者是西伊豆松崎「長八之宿．山光莊」的女主人，她專程來集合住宅拜訪我。昭和四十二年夏天，我興之所至下榻山光莊，首度遇見這位女主人，當時只有瞥見一眼，連話都沒說上一句，因此這天算是初次見面。

我曾畫過一篇漫畫〈長八之宿〉，這作品似乎多少爲他們做了宣傳，於是女主人特來致謝。之所以遲了幾年，是因爲她找不到我的住處，待事過境遷，正好遇到房客是媒體圈的，就拜託他們打聽我的住址，最後總算找到了。我爲此深感抱歉，這十幾年間我頻頻搬家，也難怪她找不到。

我筆下的〈長八之宿〉是以山光莊爲原型沒錯，不過一切純屬虛構。山光莊在故事中已更名爲「海風莊」，不過我有些擔心，只怕以山光莊爲原型會造成他們什麼困擾，便順道向女主人打聽山光莊的實情。

故事設定山光莊是漁業轉行後經營的旅宿，而眞正的山光莊原本是釀酒廠，房舍荒廢形同廢墟，在女主人堅持操辦旅宿之下，將之改建。在漫畫中，我隨意創造了幾個人物，包括就讀大學的女兒眞理、徐娘半老的女侍登代和男僕阿爺；而女主人實際上也有一位就讀大學的千金，不過她女兒現在已經三十六歲，膝下有兩子，現居東京的大泉學園町，聽說今天是女婿開車送了女主人一程。除此之外，實際上也有一名女侍同叫「登代」，我聽了甚爲詫異。登代已經退休，現在不時會回來幫忙，年約七十。我十六年前去住山光莊時，登代

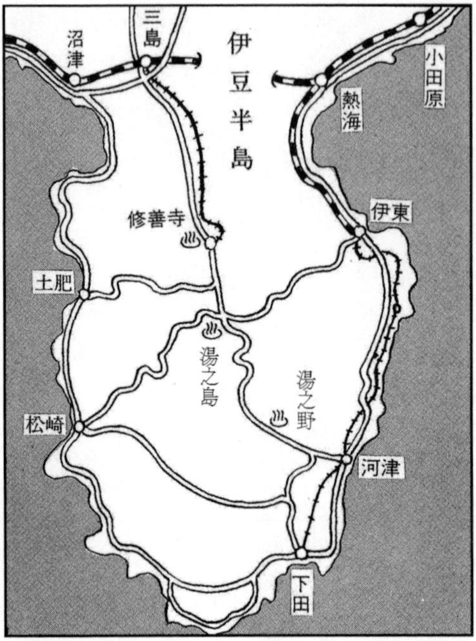

五十四歲，代表她不會是漫畫那般徐娘半老的女侍，而男僕阿爺這個角色也不存在。

我初次投宿山光莊時，他們才開幕一年，房客也很少。「多虧老師讓大家認識了長八之宿……」雖然女主人這樣捧我，不過聽說後來他們不但接受電視節目《想要遠走高飛》（遠くへ行きたい）的採訪，橫溝正史原作改編的電影[1]也去取景過，最近東海地方的電視台還以「長八的鏝繪[2]」爲主題訪問他們。縱使我對這些曝光一概不知，也知道山光莊的名氣並非來自我的漫畫，它本來就是一間珍貴的老屋，保留了海參牆[3]與入江長八[4]的作品，銷量差強人意的漫畫不過是杯水車薪。

我上次住的是倉庫建築改建的「長八之間」，山光莊後來重新修繕過，不過女主人志得意滿地說：「房間還是老師當時住過的模樣，沒有調整過。」做足了面子給我。我相信房間還是有在使用，但這番話聽來有種「永久保存」之意，我恍如得到文豪般的禮遇，內心驚慌不已。

在談話的同時，我看著身穿高雅和服的瘦小女主人，很難想像她已經抱孫子了，憶及那年的情景，入住隔天早上在支付住宿費時，我與女主人在大廳打

1 指的是金田一耕助系列的《惡魔前來吹笛》。

2 鏝繪：一種灰泥牆上的浮雕壁畫，主題通常是吉祥物或風花雪月，常被富豪或漁船主用來當作富裕象徵的外牆裝飾品。

3 海參牆：一種日本傳統的漆牆，在牆面貼上平瓦，並在瓦間縫隙塗上如魚糕卷狀的厚厚灰泥，狀似海參而得名。

4 入江長八（一八一五～一八八九）：江戶時代末期到明治時代的著名工匠，以「伊豆的長八」聞名。

湯之島溫泉，圖右為湯川屋。

到照面，她的美貌讓我驚爲天人。

由於女婿還在外頭等著，女主人停留約一個小時便告辭。寒舍環堵蕭然，與文豪或漫畫大師的形象相差十萬八千里，再加上我又犯老毛病，臉色暗沉，此景此人，或許會壞了她的想像，讓我甚感歉疚。

翻找手邊的筆記，我興之所至下榻山光莊的日期是昭和四十二年八月十日。聽聞西伊豆是未經開發的窮鄉僻壤，要去就要趁現在，於是我和友人T驅車出遊，從三島南下伊豆半島。

第一晚下榻湯之島的「湯川屋」，湯川屋正對美麗的世古峽，我雖是初訪湯之島，卻覺得這是個好地方。行至湯之島前我們走訪了修善寺溫泉，相較之下，湯之島的景色不但分外秀麗靜謐，湯川屋一帶的溪谷尤其美哉，梶井基次郎[5]也讚不絕口。

湯川屋本身沒有什麼獨特的魅力，我們本是想住對岸的國民宿舍，只是不巧客滿被拒，才會改住湯川屋。隔日離開時，聽服務人員說：「以前梶井基次郎老師曾大駕光臨敝館」，我還甚是意外，聽說年輕的尾崎士郎和宇野千代夫妻倆[6]也來住過。湯川屋一晚一千五百圓。

我倆都對湯之島心滿意足，接下來沒有南下翻越天城峠，而是原路折返一小段路後西行，橫貫坎坷難行的土肥峠，來到西伊豆海岸。土肥濱海不是沙灘，而是一地石子。南下堂之島的途中，順路遊覽宇久須的黃金崎。行至堂之島時，發現這兒蓋起了氣派的飯店，已經不是什麼窮鄉僻壤。從堂之島再行經松崎，下岩岸游了一會兒水，此地的小海灣風浪平穩，當時還是個偏僻而靜好之地。我們繼續往半島的南端前行，也到雲見遊覽了一會兒。雲見通往妻良的道路尚未建成，我們只好無奈返回松崎。此時夜幕低垂，各處旅宿都客滿，遍尋不得，在路上遊蕩遊蕩著，就發現了「長八之宿・山光莊」。山光莊的門面頗爲高級，雖不符我的喜好，不過或許是因爲甫開業不久，當晚還有房可住。也不知是什

5 梶井基次郎（一九〇一～一九三二）：明治到昭和時期的小說家，年僅三十就因為肺結核英年早逝，曾為了療養身體前往湯之島溫泉。

6 皆為日本文學家，宇野共有四任丈夫，尾崎為第三任，他們在湯之島溫泉認識了梶井基次郎，梶井就此愛上宇野，對此忍無可忍的尾崎曾當面將點燃的香菸丟到梶井臉上，雙方爆發肢體衝突，梶井與宇野之間的關係成為夫妻後來離婚的原因之一。

湯之島的筆者（1967 年 8 月）

麼原因，我們這兩個髒兮兮的年輕人被安排住進最上等的「長八之間」。

長八之間位於倉庫建築的二樓，在厚重的木板門後，有一條窄如梯子的樓梯。上到二樓，有八疊（或十疊？）和四疊大的兩間客房，格局細緻講究，頗有老屋風範。隔屏上留有視覺性強烈的墨寶，與榻榻米相同位置的矮窗嵌有鐵欄杆，外廊柱和防雨窗的收納處等地方，可見江戶時代的鏝繪名匠——入江長八的灰泥畫作毫無殘損，完美保留。

泡完澡後，我換上浴衣稍事歇息，頓時以爲身處此間的自己是文人雅士，還幻想著倘若未來因漫畫致富，我想嘗試在這樣的旅宿創作。

餐食包括整尾的鯛魚與其他白肉魚。女侍共三名，T用餐時細嚼慢嚥，徹頭徹尾當自己是主公了。盂蘭盆舞的太鼓聲，從窗外乘著海風而入。女侍以團扇爲我們搧風，樂曲加快，團扇也搧得更快，聲聲催人急。「怎麼了嗎？」我問。她們興奮難耐地說：「盂蘭盆舞只到九點啊。」她們三人同來侍客，原來是爲了待我們餐畢，她們可以一氣呵成地收拾餐盤、鋪好被褥，再奪門而出。

這一宿雖過得豪奢，每人住宿費卻只要一千五百圓，內容遠勝於湯川屋。當時的一千五百圓現在值多少呢？近來一萬圓等級的旅宿，別說是女侍服務了，甚至也無法在客房用餐了。與陌生房客一同在食堂用餐實在味如嚼蠟。

隔天，遊覽半島南端的石廊崎、南迴北上途經下田後，我們踏上歸途，來到伊東附近一處偏僻的漁村「八幡野」，入住釣客旅宿「釣作」。釣作如民宿般簡陋，卻要一千一百圓。我在那兒遇到一名小學一、二年級卻莫名早熟的小女孩，她衝著我滔滔不絕講不停，而我一直默不作聲。她從頭到腳都被蚊子叮咬，傷口如粉瘤般化膿，令人作嘔。趕她出去她還是會跑回房間，喋喋不休地說明自己的身世，大意是「我不是這家人的小孩，是女主人妹妹的小孩，我只是被寄養在這裡，爸爸腦中長了東西住院，媽媽在東京工作」。

我們入住時間早，有很長的空檔，我說我閒閒沒事，T猛地大發雷霆，說今天晚餐過後就要走人。不知道我何以觸怒他，或許獨自駕駛累積的疲勞一口氣在此刻爆發開來，他窩到房間角落鬧脾氣。我們受不了白線斑蚊的攻擊，門窗都緊緊閉上（當時紗窗尚未普及），房內悶熱難眠，我揮汗如雨，漸漸覺得百無聊賴。

隔天早上用完餐點，T說還想再睡半晌，我和小女孩去海灣左手邊的岬角走走。此地名為橋立，是柱狀節理的岩區，眞想不到能見識此番奇景。聽說這兒盛行釣石鯛。小女孩稱這裡是「Yappano 岬」，不知這是八幡野（Yawatano）岬的方言，還是小孩子咬字不清，總之確實是個好名字。

（昭和四十二年〔一九六七〕八月）

貓町紀行

愛好旅行的友人看了我的地圖，評點這是旅遊的「虎之卷[1]」，原因是地圖上註記無數個圈圈，有了虎之卷，我就不需要每次出遊都帶上旅遊指南。我圈的多數是宿場[2]和溫泉療養地，這兩處是我出遊的唯二目的，爲此我網羅了很多相關資訊。我尤其鍾情於鮮爲人知的窮鄉僻壤，將這類地方圈起註記。

其中一處是山梨縣舊甲州街道[3]的犬目宿。犬目宿是位於荒郊野嶺的宿場，幾乎只有對宿場文化嫻熟者才會知曉，而我十二、三年前曾欲造訪，卻在路上迷失了方向。很遺憾當時沒有抵達犬目宿，不過我意外邂逅了另一番光景，而那正是我造訪溫泉療養地和宿場所追求的。

那一次，正巧朋友T君約我去山梨縣的大月一帶兜風，於是我向他提議，說在前往大月的路上，可以順道去犬目宿看看。

1 虎之卷：原指古代的兵書《虎韜》，後來衍生出參考書、指南的意思。

2 宿場：江戶時期驛站制度成形、重要幹道規畫完備後，發展出了宿場這種提供來往行人住宿的商業聚落，以宿場為主體發展的城鎮，則稱為宿場町。

3 舊甲州街道：江戶時期整治的五大街道之一（東海道、日光街道、奧州街道、中山道、甲州街道），是聯絡江戶（東京）與甲斐國（山梨縣）的道路。

御宿

取道現在的甲州街道，到上野原時拐進舊道，再行十公里左右，就會抵達山上的犬目宿。帶著我畫了圈圈的地圖，我們按圖索驥抵達上野原，接著買了當地的名產酒饅頭，然後彎入舊道。舊道入口位於上野原近郊一條大坡道的中段，已經沿坡道而下好一半晌，那裡的景觀依舊使人頭暈目眩。下方流淌著鶴川，只見對岸的舊道一路延伸，通往犬目宿。舊道路幅狹窄，顛簸難行，只能勉強讓一輛車通過。名列五街道之一的甲州街道從前似乎極窄，上州的三國街道[4]也是，猿之京一帶還留存了其中一段，路之簡陋，現代人根本難以置信，據說連行人都得錯身而過。

我們在鶴川橋邊停車，享用上野原鎮上買的酒饅頭。上野原過去也是宿場，酒饅頭店開了六間之多，或許可視爲昔日遺景。鹽味的豆餡饅頭味道樸實，一顆只要三十圓，便宜得驚人，我曾經專程搭電車去買。

從鶴川再走舊道五公里左右，抵達野田尻。這兒昔日同爲宿場，松尾芭蕉的俳句：「古池蛙躍……」提到的古池，以前就在旅宿的前方。聽說在中央高速公路的摧殘下，古池已經不復存在，徒留石碑，讓我想去看看石碑，看看野田尻。想不到沿路沒看到類似的村落，我們只能繼續前進，畢竟T君對宿場沒

4 三國街道：上州即日本古代地方行政區域中的上野國，約等於現在的群馬縣。而三國街道是連通關東和越後（新潟県）的幹道。

30

たばこ

有任何興趣，我不好意思請他繞路。

野田尻距離犬目宿不到四公里，仲間川是鶴川的支流，從地圖上來看，仲間川的濱河道路僅此一條。沒料到行至三、四間農舍聚集處時，道路一分爲二，若順著路往右轉，應該會直接闖進農家的庭院，於是我們左轉，沿著陡坡而上。夾道的蓊鬱樹木掩住目光，造成視野不良，一個恍神，路徑可能就會埋沒於雜草叢中，讓人走得心驚膽戰。我心中暗暗覺得是入了歧途，不過我們依然撐著開完這一段，登上高台的頂端。開上山頂後立刻又遇到一條岔路，轉個彎就會再度駛入下坡路段。而在轉彎的瞬間，我左右顧盼那條路，覺得那兒彷彿就是犬目宿。那條路有五、六公尺寬，帶有宿場風格的房舍對街相望。

此時日頭卽將落西山，四下籠罩著一層淺紫色，街燈亮著點點白光。路面還有少量水氣滯留，而且整理得很潔淨，彷彿能感覺到白日裡陽光的餘溫。整體氣氛宛如晚膳前閑靜的片刻時光，老的小的都上街遊戲。我看到穿著浴衣的小女孩在跳繩，看到調皮鬼騎大人的腳踏車繞圈炫耀，看到老人在長椅上休息，更在跳房子的小孩褲子上，看到大片的補丁——近來我已不會在孺子的衣物上，尋得慈母的臨行密密縫。此般熱熱鬧鬧的情景，宛如老街的巷弄。

宿場大抵都走在時代的尾端，安安靜靜，悄然無聲，但是這兒健康、整潔又樸實無華，人們也生龍活虎。眞沒想到在荒郊野嶺中，有一群人正過著這種生活……我們來到此地前，先穿越了樹林的幽暗隧道，出隧道後猛然撞見眼前的光景，彷彿闖進另一個世界，闖入遠離塵囂的仙鄉之中。

然而這景象只在轉眼之間，我無法確認那是不是犬目宿，儘管我自認八成不會有錯，很希望能掉頭回去。無奈看到T君一副急匆匆的趕路樣，我又不好意思了。

車子不斷沿坡道而下，不知不覺開到了橫跨中央高速公路的陸橋上。T君直到此刻才納悶：「奇怪，迷路了嗎？犬目宿在哪裡？」但他接著又說：「天色都暗了，回去吧。」於是我們放棄原欲前往的大月，直接打道回府。

在我記憶深處，好像曾有過與方才相似的經驗。我坐在車裡，打開回憶的抽屜，從地名的「犬目」聯想到貓與狗，然後立刻想起來了。「對喔，不是犬，是貓，是貓町。」這相似的體驗，發生在我讀萩原朔太郎的《貓町》之時。

小說《貓町》中，有一個喜歡在散步時馳騁思緒的詩人，他迷了路，闖入分不清是白日夢或幻想的貓之町。我看到的並不如夢似幻，當然也無貓，不過

方才美好的景象與貓町實在相像。

遙想當年，我十七、八歲讀《貓町》後隨卽深受影響，羨慕起容易迷路的人。我認爲若是迷路至少可以意思意思身歷貓町之境，於是試著模仿這種散步方式。可惜假模仿終究無法眞正迷路，更何況我的方向感不差，那次的嘗試以失敗告終，卻沒想到事隔多年後，願望意外實現了。

在過往的旅程中，我總是感覺到缺憾，此番偶然發現貓町，讓我領悟缺憾從何而來。我在內心呢喃：「就是這個，原來是這個。」地圖上無數的圈圈，爲的全是這番光景。到頭來，我的目的地從不是溫泉療養地或宿場，管他是老街的巷弄或者天涯海角都無妨。

希望下回重遊時，我能好整以暇，若是隻身上路，也不必再顧慮T君。然而，無車終究不便於行，我遲遲提不起勁出發，五、六年過去，不知不覺間，險些把犬目宿都忘了。

自稱是「相模原的無聊男兒」的T君一如既往，常常來約：「好無聊，我們出去走走吧。」他大多配合我的起床時間，在午後出現，因此我們無法走太遠。只能選擇近處的話，以八王子與周邊爲限，青梅、五日市、道志、大山等

地都是一日遊的行程。來到八王子，上野原也不遠了，我久違地想念起酒饅頭的味道。

我在車內一邊大啖酒饅頭，一邊問：

「怎麼樣？既然都到這裡了，要不要再去一次犬目宿？」

我試探了一句。我知道T君意興闌珊，不過他約我兜風就是爲了在車內天南地北聊，我的目的地只是他的折返點，他應該不會計較。

我們將上次的路線原封不動照搬，結果不知道在哪裡行差踏錯，不但找不到犬目宿高台的登山口，還開到了沒見過的小學前。校門對面有間雜貨店，我們買了懷舊零食醋昆布，順道問路。老闆娘來到馬路上，指著店家後面垂直的峭壁上方說：「犬目就在這上面啊。」

我大吃一驚，原以爲是行差踏錯，突然聽到是在自己的頭上，實在出乎意料之外。而且崖下不但有小學，又有平凡無奇的民家，如此乏味的地方，更啟我疑竇：「貓町會在這種地方嗎？」不對，我本來就沒料到犬目宿實際存在。

「要是這樣的話，應該沒人找得到路。」

我在內心自圓其說，認爲山上山下不相往來，犬目宿是祕密的桃花源，遺

世而獨立。

老闆娘又說：「不過因為之前的火災，已經燒掉了。」她再次語出驚人。聽說昭和四十五年（一九七〇）的祝融燒毀了大半個村莊，那正是我初次來訪的隔年。早知如此眞該早點來，我後悔莫及，拉長身子仰望崖上，但是山崖陡峭，從下方完全看不到山頂的情況，也不見人家。

「果然是貓町，沒想到只能讓我不經意一瞥，從此成絕響……」

我捨不得就此掉頭離開，希望至少能見到燒毀的痕跡，更何況我也不能篤定說之前發現的貓町就是犬目宿，搞不好是其他的地方。老闆娘告訴我們，開車去會繞路繞個幾公里。

她指引的那條路和我們開過來的是同一條，也僅此一條。山崖如山稜線綿延不絕，路有多長，山崖就延續多遠，我們遲遲找不到登山口。對T君來說，兜風折返點是個燒毀的地方頗為掃興，他對這漫漫長路失去了耐心。

「不是吧，徒步應該會有登山道可走啊。」

他說道，面露不悅之色，「樓上樓下之間絕不可能沒有半階階梯。」話說回來，老闆娘說開車要繞遠路，代表徒步有捷徑可走嗎？我沒有理睬T君的苦

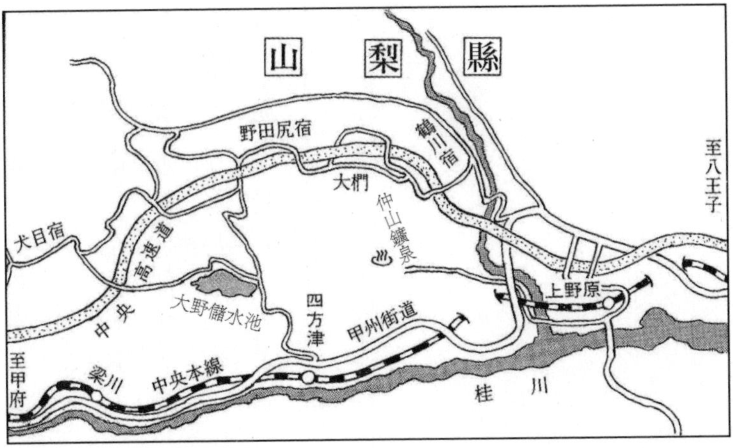

水，要是可以輕鬆抵達貓町，不就不稀奇了嗎？

在經過近一個小時蜿蜒曲折的路途之後，我們不知不覺到了山崖上。俯瞰下方看到了來時的那條路，但車子往前行駛，來時路卻往後退。「奇怪了。」一T君表示納悶，我也沒注意到我們何時一百八十度迴轉了。

「這一帶的地形應該是有人擺的陣，令人如墮五里霧之中。」

我們如此討論著。總之持續前行肯定會抵達犬目宿，我和T君都信之鑿鑿。結果前進了一會兒，又駛入下坡路段。犬目宿位於崖上，走下坡只會漸行漸遠，但是我們又別無他路可走。T君已經面露疲態，我也心想：

「好一個捉弄人的地形啊。」

我們頭也不回地駛下山去，最終又回到中央高速公路上。

我事先沒有向T君解釋造訪犬目宿的緣由，此時除了死心之外別無他法，我尋思：

「那果然成了一種幻想嗎？」

雖說這個結果更有「貓町」的味道，但我依然耿耿於懷。我無從查證是否犬目宿即貓町，而縱使另在他方，我也會踏破鐵鞋再去尋訪。

〈貓町紀行〉後記

猶記得第一次讀萩原朔太郎的《貓町》，是在偵探小說雜誌《寶石》上看到的，讓我一直以爲朔太郎是偵探小說作家。十七、八歲的我熱衷於偵探小說，當時我還不認識文學與詩，而《寶石》的時任編輯是江戶川亂步，他每一期都會介紹文學作家的推理作品，我才知道文學爲何物。印象中當時讀了谷崎潤一郎《小小王國》、佐藤春夫《母親》和葉山嘉樹《水泥桶中的信》等作。我隨後得知萩原朔太郎是詩人，入手《藍貓》與《吠月》的文庫本，讀了卻期待落空。首次接觸「詩」的我，既不知其然，也不知其所以然。

後來匆匆二十幾年過去，大約兩年前我才有機會重讀《貓町》。有間出版社請我對《貓町》寫些感想，於是我讀了原書的影本，但是我沒有任何感想，原因出在貓町與我的日常脫節甚遠。婉拒這次的邀稿後，我憶及犬目宿，尋思未來要讓犬目宿出現在我的漫畫或散文中。

多年後我才了悟旅程二度迷航的原因，當時我們一直在崖下轉來轉去，未曾留意縱貫崖上的舊道。舊道從上野原走下坡，連接到鶴川的河灘，接著往山崖上走，連通野田尻宿和犬目宿。

我沒注意到鶴川河畔有一處鶴川宿，聽說鶴川多有惡形惡狀的渡河人足[5]，常使旅人窒礙難行。歌川廣重[6]讚為「絕景」的，或許是舊道入口高處所見的景致。前往犬目宿的沿途景致頗佳，只見一山復一山，雲絮入山腹。鶴川多半是條古今不變的小河，正常水量時河寬八間[7]，隨處可見裸露的河床。這代表只要有心，徒步涉水應非難事，而人足竟有敲竹槓般的行徑，令人詫異。

「犬目宿」這奇異的地名源於古時候的「狗目峠」，由於地勢高聳，一登高便如有雙狗目，可以眺望遠方，聽說以前還看得到房總的海岸。

話說回來，先民何以把路開在山嶺之顛？我們誤入的是鶴川支流仲間川的河濱道路，無論就路程平順的程度或日常生活而言，走這條路都該輕鬆許多……他們是嚮往陌生的彼方嗎？是否認為與其在低處當一群性喜陰暗的豆芽菜，不如盡量往高處爬，尋得好的視野眺望遠方群山？

除了犬目宿，我還走訪了犬目宿以西的猿橋、大月以及再西行的笹子峠山頂。行古道，懷想先民的生活樣貌，此事確實饒富趣味。

5 人足：又稱川越人足，負責以肩扛或以轎子將人送過河。

6 歌川廣重（一七九七～一八五八）：日本浮世繪畫家。絕景之句出自《一立齋廣重旅日記》的「甲府旅日記」。

7 間：長度單位，一間約為一．八二公尺。

三

男 女

岩手縣夏油溫泉（攝於昭和 44 年 8 月）

秋田縣蒸之湯（昭和 44 年 8 月）

秋田縣蒸之湯（昭和 44 年 8 月）

愛媛縣外泊（攝於昭和 45 年 4 月）

瀨戶內六島（攝於昭和 45 年 8 月）

瀨戶內真鍋島（攝於昭和 45 年 8 月）

川内町

青森縣下北半島湯野川溫泉（攝於昭和 45 年 9 月）

青森縣下北半島長後（攝於昭和 45 年 9 月）

福岡縣篠栗靈場紅葉瀧附近（攝於昭和 45 年 10 月）

大分縣國東半島天念寺（攝於昭和 45 年 10 月）

長野縣善光寺道會田宿（攝於昭和 46 年 3 月）

長野縣青柳宿（攝於昭和 46 年 3 月）

熊本縣峐之湯（攝於昭和 47 年 1 月）

SA3-11438

佐賀縣鹿島市濱町（攝於昭和 47 年 1 月）

福島縣湯岐鑛泉山形屋旅館（攝於昭和 48 年 5 月）

宮城縣名取市閖上（攝於昭和 50 年 3 月）

群馬縣湯宿溫泉（攝於昭和 51 年 6 月）

四

日川探勝

二十多年前，我在山梨縣的東部晃蕩，走訪舊甲州街道的犬目宿，從大月行至靠山的金山鑛泉、橋倉鑛泉，遊覽初鹿野的駒飼宿和笹子峠，也造訪道志村。中央線初鹿野的駒飼宿位於舊甲州街道笹子峠的登山口，那是一個孤伶伶地、被遺忘在背陽面的茅草屋聚落。駒飼宿與田野鑛泉隔著車站相望，相去三、四公里。從田野循日川上游、往大菩薩峠而上，就會抵達嵯峨鹽鑛泉的所在地。然而我總以爲這兩處的鑛泉索然無味，當時興致缺缺。如今我依然意興闌珊，只是心疼旅費想找近處一遊，此行先不論鑛泉云云，我決定造訪日川溪谷，並且二訪駒飼宿。

從田野鑛泉往嵯峨鹽鑛泉的路上，有一處小聚落名爲「木賊」。我原欲下榻木賊的民宿，不過聽聞嵯峨鹽鑛泉去年六月建了露天浴場，露天浴場的加熱冷泉，總是強過民宿的廉價浴缸，於是我轉念訂了鐳泉的住宿。上山沒有公車可搭，旅宿派小巴來初鹿野站迎客，路程雖不到十公里，不過旅宿位於一千兩百公尺的山上，徒步稍嫌辛苦，我計畫在回程的下山路段，再步行四處遊覽。

接駁小巴上，有一名和我同班列車下車的中年男子。車程僅僅二十五分鐘，但是過了田野鐳泉後山路險峻，一路左彎右拐，一圈圈繞著山腰往上攀。此間景色雖好，水泥路卻無長途跋涉的價值，我慶幸自己沒有以步代車。所有道路都爲車輛鋪得平平整整，對行者而言不但無趣，疲憊感也會倍增。每次出遊我總納悶，怎麼不是好逸惡勞的汽車湊合湊合走顚簸的路呢？

旅宿一反我的期待，不但平凡無奇而且觀光取向，就一千兩百公尺高的山泉來說，此地絲毫不僻，也不符合我的喜好。面臨日川的旅宿別無分號，四下不見人家，無處可遊覽。再加上可能是上游的緣故，溪流水淺，不見懸崖絕壁。剛剛沿途上山經過了幾個攔河堰，或許是砂石堆積，使得河床高起。溪谷近乎一直線往大菩薩峠延伸，從下榻處走個十二、三公里就能攻頂，代表此番我確實入了深山，想著想著總算雀躍了些。

抵達旅宿的時間尙早，我趁這時間到附近散步，路上嘗試戴著一年前左右為健行購入的鴨舌帽。我不慣於著帽，戴在頭上怪不好意思的，不過把臉深埋帽簷下，靜靜走在山谷小徑，感覺自己化身早一輩的沉思型登山家，心情煥然一新。往後要不要嘗試蓄蓄鬍、叼叼煙斗呢？話說回來，沉思型登山家留下了很多傑出的遊記散文，如：小島烏水、木暮理太郎、田部重治、河田楨、大島亮吉、中村清太郎、辻一……何以現在卻後繼無人？因為登山淪為純然的消遣？還是因為這個時代不沉思了？往大菩薩峠前進的路上，有四、五輛摩托車呼嘯而過，車輛噪音喧囂不堪，毫無旅行的雅趣可言。

今年是暖冬，東京的櫻花不到四月就開始凋零，而時值四月一日，這一帶依舊是冬日風景。滿山落葉樹，使得山氣更顯冷峭。落葉樹多，代表新綠或紅葉季的山景必是美不勝收，不過枯冬之色，同樣動人至深。我按下了口袋中的卡式隨身聽。身在大自然之中，我卻選擇音樂而非蟲鳴鳥語，看來我也沒有臉對摩托車說三道四的，不過有些時候，我也會想嘗試透過各種外力調整自己的心情。年輕時我獨鍾古典樂，成家後沒有心力享受音樂，對於時下流行的數位隨身聽「Walkman」也毫無興趣。這台隨身聽是半年前抽到的獎品，我和兒子到附近店家買肉包時，抽中了肉包廠商提供的獎賞。在量販店的賣價大約三、四千圓，是台便宜貨。卡帶我只帶了韋瓦第的《四季》，這首雖是熱門的作品，我卻聽個千遍也不厭倦，自認它是旅途的良伴。我邊走邊聽，落腳於旅宿外一公里的下游堰堤上，坐下身來闔起眼簾，我看見豆大的自己行走在遠方斷崖，光芒萬丈的阿彌陀佛如來從峽谷彼端的雲層中現身，恍如「來迎圖[1]」的場景。

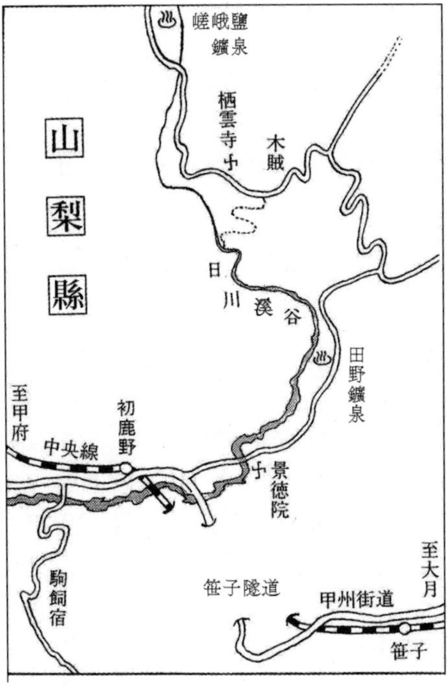

我泡了旅宿的露天浴場兩回。在《一日二日山之旅》（大正十二年（一九二三）出版）中，河田楨說他以前下了六十二階階梯才走到谷底，當時的山谷應該很深。露天浴場某年被洪水沖毀，不知時隔多少年，去年終於重新啟用。浴場與旅宿一樓的浴室連通，沒有野趣可言，

1 來迎圖：佛教淨土宗常見的繪畫主題，描寫阿彌陀佛接引亡者往生極樂淨土世界之情景。

而且泉水是加熱的冷泉，因此浴池大不起來。我睡前獨自去泡澡時下起陣雨，冷冰冰的雨水打在熱呼呼的身子上，甚爲舒暢。東京的酸雨入眼則疼，而山雨入眼既不刺也不痛。就寢時，水流淙淙傳來枕邊，聽覺上的水量是實際上的數倍之多。我想起幸田露伴的遊記《枕頭山水》四個字，浸淫在遊山的情緒之中。

隔天我賴床到八點半，在被縟中抽根菸後看向窗外，發現景物已經消失在濃霧之中。這是萬物不可見的「無」之世界，山頭谷底都被白霧鎮壓，水聲被逐出九霄雲外。窗一開，白霧如煙飄然而至，窗一關，白霧就在玻璃外擾動。我從未見過這般大霧，驚訝之餘也深受感動，引頸期盼今天能進五里霧中走走。在食堂用早餐時，我問宿方：「這是霧還是雲？」對方卻回：「是霧，馬上就會散去了。」霧散了還得了？我連忙收拾東西衝出旅宿，可惜大霧眞的轉眼就消散了。

我走在旅宿外一公里的河谷右岸，過了一座小橋，沿左岸而下。昨天共乘小巴的中年房客又搭上旅宿的接駁車下山了，有五、六組攜家帶眷的房客也都開自家汽車離開。難得來到大自然之中，不出外走走實在可惜。昨晚才下了點雨，路上就能看到爲數可觀的落石，個個相當於漬物石[2]的大小。儘管山上鋪

2 漬物石：醃漬食物的時候使用的厚重石頭，壓在食物上方可去除多餘水分，直徑約一五～四〇公分。

標高一千公尺的木賊聚落

齊了路，這段山路還是有其危險性，二十毫米的雨勢一來，禁止通行的告示牌就出動。路肩不時能看到成堆的塑膠沙袋，可能是用來防止路凍車滑的。

再下行三公里，進入名爲「木賊」的小聚落。日川的滾滾溪流由攔河堰傾瀉而下，形成一道巨大瀑布，溪谷從此處開始驟然走深，不見谷底。我查看五萬分之一的地圖，看到谷勢拔地而起，谷底與聚落有一百三十公尺之差，約二十戶人家搖搖欲墜地蓋在這陡坡上。每戶人家的茅草屋頂都蓋上鐵皮，環堵蕭蕭然然，桑葉田小而零碎，只能補貼家用。這裡有「天目山民宿村」之名，民宿雖有五、六間，不過既然連可以耕作的平地都無，除此之外大概也無以爲生。

然而此地風景著實宜人，山坡前的景致一望無垠，可以飽覽遠處大鹿峠和笹子峠的山群，可以坐看山腹雲起時。昨天搭接駁車上山時，司機指著這一帶說看得見富士山。我分不清東南西北，左顧顧右盼盼，只勉強窺得富士山山頂的白雪皚皚，今天不巧有浮雲阻撓，不見富士眞面目。在標高一千公尺的小村莊，得以望見富士山的正面，看在旅人眼中，此地不是天堂就是桃花源。梅花花期正盛，樹鶯啼叫悅耳，山坡上處處可見美味的筆頭菜叢生。這兩、三天的天氣有五月的溫度，風暖景明，南面的山坡令人犯睏，不過這一帶或許仍處於睏冬之中，不見人影，居民可能多爲老人。

在高於路面的地方，有間名爲「栖雲寺」的樸素小禪寺，老化的廟宇已經傷痕累累。河田楨寫過栖雲寺的淒涼景況，說大正時代此處無住持，梵鐘直吊在松枝上。不知現在有住持了嗎？入口的柱上有個「一坪圖書館[3]」掛牌，我常在山梨縣人口稀少的村子見到此牌，旁邊還有一台突兀的罐裝果汁自動販賣機。在沒有商家的聚落中，這是唯一的販賣機，既然有住持在，販賣機可能是

3 一坪圖書館：山梨縣由於圖書館不夠普及，一九七〇年代起發想出比移動圖書館更進一步的「一坪圖書館」制度，除了寺廟等公共設施之外，更利用餐廳、商店、一般家庭的玄關當作借還書的場域，讓不便前往圖書館的民眾也能閱讀。

不無小補的外快。栖雲寺腹地一半面積挪作小學的分校使用，小學在三年前改建，校舍尚新，學校小如私塾。老師會是山寺的和尚嗎？二十戶人家的聚落裡能有幾位學生？春假中的校園寂靜無聲。

繞過整個聚落後，我離開車道，鑽進倒掛在山崖上的小徑下到谷底。此處到下游的田野鑛泉約兩公里，沿途是風光明媚的龍門峽溪谷。龍門峽溪谷的三座瀑布雖小，亂石縱橫的險谷卻不失磅礴。鑿壁而建的步道恰如險峻的荒山蹊徑，幾個路斷之處或是靠圓木橋渡河，或是爬梯子上上下下，整趟路程饒富變化又刺激。釣客我只在岩後瞥見一次，或許是時節不對。我遇見一隻大如蝦蟆的青蛙，看牠好像才剛從冬眠甦醒，笨拙笨拙的樣子，就用枯枝稍稍戲弄了牠。

穿過幽暗的狹窄山谷，走過龍門橋吊橋，來到田野鑛泉前。此時河谷豁然開朗，水流也變淺，有種冷不防落入了凡間之感。兩間旅宿面谷而建，其中一間是石川館，建築爲明治時代的風格，別具一番特色。二樓上方有幾個如守望台的構造，只有這個部分是三樓，甚是罕見。不過石川館的白牆斑駁掉漆，看來像是已荒廢的空屋；另一間是石黑館，似乎重新修繕過，沒什麼值得一提之處。兩間旅宿都靠近寬敞的馬路，周遭的景色差強人意。不過在嘗遍山珍海味後，反而會眷戀起茶泡飯；在遊遍千山萬水之後，反而發現在這種樸實的地方普普通通地過，也可謂一種深度，轉念一想，田野鑛泉似乎並不差。

從旅宿走一小段下坡路後，景色變得更加遼闊，來到耕種桑葉田與麥田的田園村落。這是武田家最終的激戰之地，武田勝頼自縊的墳墓位於景德院。不知古老的茅葺山門是否保留著昔日的模樣？而堂宇尚新，或許經過重建了。廟前的日川畔有座停車場，場內立有看板解說這段歷史悲劇。武田勝頼素有戰國武將之名，我卻只認他是政治家，對他也毫無興趣，走過看板就罷了。

從此地到車站有兩公里路，我走得又乏味又倦。我看站前有間旅籠[4]風格的老舊鑛泉旅宿，但是四周都是人家，景色單調，而且荒廢不堪，絲毫沒有興起想住的念頭。原訂要去車站另一頭走訪駒飼宿，但路上免不了陡坡，而且我回程還打算去相模湖走走，考量到自己已精疲力竭，只好作罷。近日可能還會想重遊天目山民宿村與龍門峽，不如到時再來訪。

（平成二年〔一九九〇〕四月）

4 旅籠：最初是指「放置馬匹飼料的竹籠」，後來漸漸發展成放置旅行雜物、糧食的器物，最後衍生出「提供餐食的旅宿」的意思，在江戶時代特別蓬勃發展，屬於一般民眾下榻的旅宿。

陋宿考

約莫是二十年前，我走在秋田縣五能線八森附近一條濱海的崖道，沿著鐵軌前行，接著在鐵路下方的草叢中，發現一間寮舍風格的旅宿，乍看還以爲是木炭窯。附近沒有人家，四周荒煙蔓草，蒼涼如此，實在不像旅宿開門營業的地方。這間旅宿是向別人問到的，但它連個招牌都沒有，啟我疑竇。只見那鐵皮屋頂全往鐵路方向傾斜，屋簷頂在鐵道塡築的路堤上，衰頹之勢全憑路堤在扛，此景看得我目瞪口呆，難以想像這樣能做旅宿。

我上前求宿，一名佝僂的農服老婦出來應門，說房位已滿。我往內打量，屋頂下傾的區域是作爲玄關的泥土地，屋頂上傾的空間構成樓中樓，梯子連通到二樓，客房似乎也在那兒。二樓只設置低矮的扶手，一個不小心就會墜樓，大概只有一個十疊大的扁長空間。客房下方是破舊的紙門，那裡似乎是老婦的起居間。

看這景象不像有人入住，客滿多半是老婦拒客的說詞，她大概視我爲不速之客，眼神狐疑，冷冷淡淡、愛理不理的。我當下沒拍照記錄，事後才悔不當初，至今依然念茲在茲。畢竟如此陋宿，我未曾見過，也沒再見過。到底什麼人會入住呢？從設備來看，不可能得到營業許可，或許是間無牌旅宿。我馳騁想像，猜測入住者都是被排除於社會之外的人們，不是一貧如洗、居無定所、患有不治之症，就是罪犯，或神經衰弱者如我。

宮本常一[1]的書中寫道，昔日的四國遍路[2]有一條名爲「癩道」的小路，路上建有痲瘋病患遍路專用的旅宿小屋，與此同時，四國也有所謂的「落宿」。

……除此之外，還有一些起源與詳情都不明朗的旅宿，四國山中收留盜賊的落宿就是其一。盜賊曾是一種職業，鄉下盜賊的目的未必都是金錢，他們潛入有物可取的家中，主要竊取的是糧食，落宿向盜賊收購這些糧食，也讓盜賊下榻落宿。他們大多住在前不著村、後不著店的屋舍，有些人會在落宿間輾轉來去，貧者會趁夜暗自到落宿買糧食。竊盜固然有罪，但存在著一個默許此罪

1 宮本常一（一九〇七～一九八一）：日本民俗學家，探訪日本各地村落，針對社會、經濟、文化進行考察、田野調查，留下了大量珍貴資料。代表作有《被遺忘的村落》等。

2 四國遍路：又稱四國八十八所，指的是四國境內八十八處與弘法大師有淵源的靈地，這些靈地連結起來的路程稱為「遍路道」，總長超過一千公里。

的世界，受惠者也不在少數。這種旅宿在其他地方鮮有耳聞，而落宿存在之處，亦是善根宿[3]最多之地，代表貧者世界可能有一個自成體系的連帶社會……

（《日本之宿》，昭和四十年〔一九六五〕，社會思想社出版）

事後我才想到，八森的旅宿或許就屬此類，平時無法被外界窺見，只存在於世界的另一面。

即便不是如此極端的類型，只要看到破敗寒酸的旅宿，我就莫名想下榻。我想在蒼涼的房內用破被裹住自己，感受自己的凋零衰敗，感受自己的見棄於世，這給予我心靈難以言喻的平靜。

從塵世的人際關係中脫身時，得以體會到些許的解放感，而旅行雖僅限於一時，但旅行亦如是。從人際中脫身，意即解放存在於人際中的自己。但或許是我建立的人際有其破綻處，使得我每天都過得鬱鬱寡歡、無法呼吸，爲了脫離這樣的自己，我踏上旅途，過程中懵懵懂懂地在陋宿獲得了須臾的安寧，就此對陋宿心生嚮往。我想箇中心理可能是，在解放自己的同時，我隱約感覺到

3 善根宿：免費提供修行者、遍路者或旅人住宿的地方。

了完全的「自我否定」。之所以在破敗寒酸的旅宿仿擬自己的凋零，或許是因爲我試圖否定自己，試圖把自己當作無可救藥的渣滓。

我沒讀過施蒂納的《唯一者及其所有物》，以下是我的二次引用：

「完全的自我否定，就是自由。」

這句話說服了我。否定束縛自己的自己，才是得到解放的唯一途徑。禪宗認爲消滅自我能夠獲得眞正的自由，因爲自由只能向自己求。如果將親鸞主張的「惡人正機說」之「惡」解爲自我否定，就可以理解淨土宗的「放下自己」[4]。

我不善於邏輯思考，又胸無點墨，理解上總仰賴直覺，或許有錯漏之處，不過對於自己的陋宿偏愛，我是這樣思考的。

4 親鸞是日本鎌倉時代的淨土宗祖師，提倡「惡人正機說」，認為「惡人正是阿彌陀佛本願要拯救的對象」。淨土宗認為人要透過自己的力量（自力）與佛的本願（他力）才能得到救贖。

上州湯宿溫泉之旅

大約十四年前，熟悉的友人向我報告：

「大發現！我發現有一處溫泉寫著你的名字。」

我反問道：「寫著我的名字？」。

對方信心滿滿地說：「沒錯，很有你的風格。」

「什麼叫寫著我的名字？」

「嗯，該怎麼說呢？偏僻、鮮爲人知、遊客少，而且住宿費便宜。」

「還有溪谷和露天浴場？」

「倒是沒有。」

「有茅草屋，可以釣魚？」

「也沒有。」

「那有射擊遊戲店或脫衣舞廳？」

「沒有。」

「那到底有什麼？」

「什麼都沒有。」

「那爲什麼會寫著我的名字？」

「我不太會解釋，你去了就知道啦。」

被這樣一說，我半信半疑地出發了。

我搭乘上越線，在水上溫泉前兩站的後閑站下車，轉乘公車，在三國街道直行約二十分鐘，抵達朋友說的湯宿溫泉。既有「湯宿」之名，想必是處有溫泉的宿場，果不其然，昔日旅人往返於三國峠之時，似乎會來這個湯宿歇腳。

一下公車，看到的就是大型卡車疾駛而過的單調馬路，沒有溫泉小鎮的風情，更沒有任何這裡是溫泉的標記，空有一排沾染塵埃的家屋。我尋人一問，才知道家屋後方還有一條平行的舊三國街道，溫泉就在那兒。這舊道是一條車輛無法通過的窄道，沿路依然只有幾間家屋，沒有溫泉味。縱使勉強看得出舊時宿場的痕跡，但全是服飾店、魚販、蔬果行，極其稀鬆平常。多數的房舍都

（小心火燭）

老朽傾頹，整體感覺甚是窮苦。街上杳無人跡，陽光照不進巷弄，顯得陰暗而死寂，彷彿一切都凝滯。真的什麼都沒有，這裡何以寫著我的名字？

我進一間小型的雜貨店看了看，發現店裡賣著將肉桂枝切成一口大小的復古肉桂條，想不到今時今日還能看見肉桂條的蹤影，我吃了一驚，瞬間懷疑這個城鎮的時間是不是停止了。我向雜貨店的老婦問宿，她說總共有七間，不過年輕人不會來住，她推薦我去更山上的猿之京或法師溫泉，並陰沉低語說：「這裡只有老人家。」

我入住了巷弄深處的旅宿，在二樓走廊看到一片木地板脫落，長型的空洞無人聞問，可以直接望見一樓，走過就像行於空中，令人不安。客房的榻榻米不只藺草翹起，還是傾斜的，躺下去可能會直接滾到角落去。與鄰室相隔的隔屏破破爛爛、無法關緊，我窺看隔壁，聽到念珠的聲音，隱約還有念咒般的誦經聲，不過房內不見人影。角落堆放著烹調廚具，包括七輪爐[1]。廚具旁有一團破布堆的黑影，黑影處略有動靜，我凝神細看，才發現好像是一個人，原來我以為的破布堆其實是位老婦。線香味也飄進了我的房間。萬萬沒想到在旅宿會聽見誦經、嗅到線香味。

1 七輪爐：一種圓形或方形的炭火爐，簡便易攜帶，適合在一般家庭或出外烤肉時使用。

我很懊悔自己造訪了乏味的地方，沒有更好一點的旅宿嗎？不，旅宿都半斤八兩。去泡澡時，發現澡堂是混浴，湯客淨是老人家，整池鴉雀無聲。東北地方的溫泉療養地更爲開放，還有人會載歌載舞，何以此地沒有這般活力？因爲沒有環境可以遊玩、散步？因爲冬天讓他們精神萎靡？

夜裡，我在被縟中重新思考這裡何以寫著我的名字，最後依然無解。隔壁房間呻吟般的誦經聲持續不斷透門而入。「好難受啊。」我萬念俱灰。子夜時分，巷弄還傳來：

「小心火燭。喀、喀。」

木片互敲的聲響分外淒涼，寒氣驟然四起，寂寥之情直上心頭，人生旅途彷佛已經瀕臨懸崖，我跌入了絕望的深淵中。

以上是我十四年前的印象。而此番來訪湯宿已不是第二次，這些年間我又來了無數次。問我喜歡這兒的什麼，我也答不上來，只要我不經意憶起，就會重遊一次。儘管每回都有寂寥之情直上心頭，我卻感到莫名自在。興之所至則來，無所事事便在房裡躺臥即可，我毫無來由地認爲自己很適合流連於寒酸又淒涼的房間，也感覺「其實我可能一直都賴在此處」。

後來朋友說：
「我不是說了嗎？這就是你的存在論。」
這話聽得我一頭霧水。
不過此番的重點是工作，睽違六年的舊地重遊，要是過於強調負面的形象，可會惹怒湯宿的人。上越新幹線開通在即，上毛高原站蓋得更近，屆時湯宿定會改頭換面。從後閑車站到湯宿的路上，會經過鹽原太助[2]出生之家，有「黑岩八景」之稱的溪谷名勝也在附近。不過要不是有人特別提，大概根本沒人會注意。
湯宿與六年前相去不遠，當時下榻的是「常盤屋」，我帶詩人S來這間旅宿時，他脫口而出：「這也叫溫泉嗎？好令人絕望喔。」多半是因爲這裡沒什麼溫泉風情，令他產生了陰暗沉寂的印象。此外，旅宿餐食之粗淡也是可能原因之一。晚餐的主要菜色是盤裝的燉地瓜圓片和一片甜不辣。旅遊之好，就好在可以稍微脫離日常生活，說非日常可能言過其實，不過脫離生活的心情總是愉快的。旅館的餐食也不例外，與平時不同的飲食可以滿足遊興。結果那天端上餐桌的卻是燉地瓜圓片，好好的旅遊猛地降級爲生活，令人哀嘆。

2 鹽原太助（一七四三～一八一六）：江戶時代白手起家的富商，其事蹟因為落語劇目《塩原多助一代記》而廣為人知。

然而，這兒的住宿費頗爲親民，只要兩千五百圓，不到行情價的一半。S聽了價錢後說：

「這裡豈不寫了我的名字？」

我聽了很驚奇，回答道：

「不是啊，有人說這裡寫了我的名字。」

沾沾自「貧」的S接著說：

「不，這裡絕對有寫我的名字。一晚兩千五百，一個月就是七萬五千，比住東京的公寓更便宜吧？」

S興致高昂，說：

「我不走了，我要留在這裡生活。」

S突然因爲價廉而愛上了湯宿。這裡可以讓窮人感到舒適自在與慰藉，湯宿的溫泉是貧窮的特效藥，讓他如獲至寶，因此S認定這裡寫著自己的名字。既然如此，何苦思考存在論這種複雜的難題？我豁然開朗，我明白「寫著我的名字」所謂何事了。

由於這兒不適合享樂，才會訂出平實的價格，讓人無論選哪一間都住得安心。這次我下榻湯宿的始祖「湯本館」，這是湯宿最大的旅宿。

湯本館招牌的圓形大澡堂是男女混浴，但明明另有女性專用池，不知何以空蕩蕩的，婦女似乎都會選混浴池。我對混浴略感卻步，於是問了是否有男湯，沒想到得到的答案是，縱使蓋男湯，婦女依然必侵無疑，因此無男湯可用。我百般無奈，只好去巷弄裡的公共澡堂，在地人也使用公共澡堂，所以嚴格禁止混浴。湯宿的溫泉水豐沛，公共澡堂多達四間，樸實的木造建築甚好。

話說回來，住在湯本館讓我失望的是，即便獨自在房內發愣，不知怎地就是不會產生寂寥之情。我久久沒有頹喪地哀歎幾聲了，此番想試，卻力有餘而心不足，寂寥不起來。原因出在湯本館的豪華嗎？造訪湯宿時，或許要住小間的簡陋旅宿，才有其氣氛。除此之外，手頭（取材經費）的寬裕，似乎也會讓心情舒坦開來。

養老（年金）鑛泉

我動不動說出「想要躲進深山、歸隱田園」之語，導致家人常惴惴不安，深怕受到牽連。想不到最近他們已經對我視若無睹，說要去的話請自便。我反省了一下，決定收拾起不切實際的夢想與乖僻的興趣，重新從正面思考更現實、更展望未來的生活。

我總有一天要靠年金過活，但是單憑年金難以維生，無論我如何省吃儉用，只要身在都市，不但沒有節流的方法，還會被煽動而消費，隱形的支出頗多。若是住在鄉下，除了無處可消費，一身襤褸也不奇怪。泡澡、煮飯可以燒柴，可以耕種小小的農田，也有山菜可採摘，養雞可以取卵，藉此達到部分的自給自足。卽便都是些芝麻小事，也有開源節流的空間。這樣做或許勉強能仰賴年金過活，我開始萌生出如此腳踏實地、循序漸進的想法。無奈家人早就看透我動輒逃避、消極避世的本性，對我的想法無動於衷。

我個人偏愛山川面貌多姿的山梨縣一帶，但是年紀大了耐不住寒，再加上耕作的需求，氣候溫暖、土壤肥沃的千葉縣可能較爲實際。千葉縣沿海地區正如火如荼地開發度假村，海邊住不了人，於是我轉念想到靠內陸的大多喜附近，那個我去過幾次的小鄉鎮。縱然我尚未去過那附近的養老鑛泉，但腦中先閃過了一個情景，我可以定居鑛泉地周邊，挖挖鑛泉、在自家燒水加熱，這倒是頗符合我的個

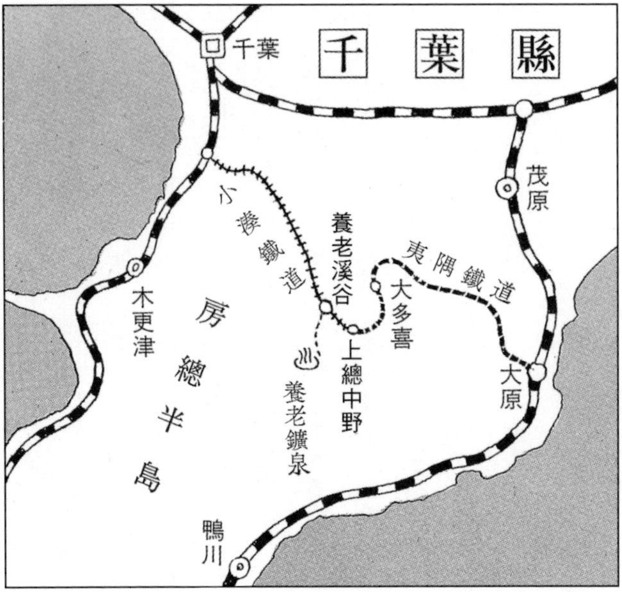

人嗜好。

造訪養老鑛泉時正值櫻花季，心底想著在養老過年金生活，眞可謂是「養老年金」。我下車走出偏僻的小站，步行至鑛泉約二、三十分鐘，雖有公車可搭，我仍舊穿越車站旁邊的平交道而去。我知道大概的方向，不過見到路人還是姑且確認了一下，對方說公車會往前走再穿越鐵道，不會走這條路。我立刻打算掉頭折返，但對方卻說這條比較近。

沿著緩坡而下約三百公尺，來到養老溪谷的鐵橋上。我喜愛溪谷，常駐足欣賞，看再久也不厭倦。養老溪谷不是奔流不息的激流，反倒水流停滯且水量少淺，也不見溪岩，平淡無味如人工運河。萎靡不振的河貌，甚爲罕見。

過了鐵橋，河邊有間遺世而獨立的農家，立著「明治資料館」的看板；雖是誤打誤撞走了這條路，這間資料館後來仍舊讓我獲益良多。不過此時我急於覓宿，於是過門而不入。走了一小段上坡路後，向右手邊俯瞰，看到十戶左右的聚落，一旁可見沼澤或池水的一部分。我旋卽產生乖僻的想法，尋思自己很適合在幽暗的沼澤邊，過著墓地般陰沉的生活。這一帶的地形小有起伏變化，景致値得一觀。

明治資料館

從資料館處背向河流前行，上上下下一公里的林蔭道路後，再次見到溪水，這裡有一間看起來頗新的歐風民宿。穿過家屋群的小徑，不期然又回到通往車站的公車幹道上。此處是鑛泉地，有大型的割烹旅宿和兩間四、五層樓的飯店，使得四下的風景格外突兀。除此之外，還搭建了觀光區常見的俗氣紅色拱橋，本以爲千葉附近的鑛泉會帶有田園風情，見到富麗堂皇的旅宿著實震驚。溪流在鑛泉的中心地悄悄現蹤，接著驟然蜿蜒而去，徒留那條乏味的公車幹道。溪流當前，卻沒有一間可以從窗外欣賞此景的旅宿，簡直暴殄天物。此時或許是淡季，四下不見人蹤，沿公車幹道前進一小段，看到三、四間小型的旅宿與簡陋房舍交錯其中，每間都如同廉價公寓，露骨地暴露在道路上，毫無韻味。

沒有一間使我心動的旅宿，讓我感到心灰意冷。我繼續在唯一的一條乏味之路上前進，看到有人蹲在路邊不知在做什麼。眼看已無旅宿，我問：「前面還有旅宿嗎？」對方回答：「前面一點右轉還有一間，就這樣了。」告訴我前面的是最後一間。

右轉之後的道路，通往如同牆壁擋住去路的懸崖隧道，穿過七、八十公尺長的隧道，又來到溪谷面前。方才從飯店前消失的溪谷淌入了這片崖壁的後方，從公車幹道完全不見其蹤影。崖壁一重一重如層巒疊嶂，又如立式的屏風單薄，穿越隧道後，頓時以爲自己繞到風景畫的背面。正面不見背，背面是狹窄的山谷，隧道出口搭了座橋，橋邊的山崖上沒有其他人家，只有孤伶伶一間小旅宿，四下寂靜。我駐足橋上，眺望寧靜的山谷，沒想到此間別有一番天地。老舊的旅宿既符合我的喜好，更與周遭景色交融。

幸好旅宿有空房，我走上嘰嘰作響的樓梯，被帶至二樓後方的房間，客房的榻榻米邊角不甚平整。白漆的外牆經過修繕，內部風格則是古老的鑛泉旅宿，如今看來頗為復古。我啜飲茶水喘口氣，感覺怡然自得，彷彿已經在此流連多日。我認為旅途的好壞有一半取決於旅宿，能下榻這間樸素的旅宿讓我喜出望外。倘若我不識此間旅宿，也不見崖壁後的寧靜山谷，只尋得前面幾間飯店就打道回府，我對養老鑛泉的記憶恐怕是黑白的。今天的房客只有一組年輕夫妻，他們皮膚曬得黑黑的，貌似捕魚人，為人看來老實，身穿棉襖在走廊歇息。

澡堂是鑿崖而成的小洞窟，水氣氤氳不見內部，浴池滿溢滑溜溜的咖啡色溫泉。隨和的女主人說，此處鑛泉雖是以冷泉加熱，不過因為有取之不竭的天然氣噴出，因此能不分晝夜加熱，隨時可入浴。最近磁磚鋪天蓋地入侵溫泉和澡堂，讓整個空間亮晃晃的，變得毫無韻味，我反倒喜歡在陰暗的洞穴泡湯。既然有用之不盡的天然氣，代表鎮日都能加熱泉水，也能打造露天浴場，縱使無法定居下來挖鑛泉，利用溪水建一處泉水滿溢的露天浴場或許不無可能？或者說天然氣也是瓦斯公司供應的，需要付費嗎？我如此尋思。晚餐是我愛吃的大片蒲燒鰻魚，這樣的佳餚難得出現在旅宿的膳食之中。

隔天早上，我不疾不徐地離開下榻處。旅宿對岸有一條小小的步道通往下游，我走了一小段，看到一間簡陋的商家，屋簷下掛著褪色的燈籠，清閒清閒的，似乎停業中。再前行約十公尺有一間小小的空屋，全山谷僅僅這戶人家，房屋可能即將被拆毀，紙門與玻璃門等物已淨空，得以一窺內部虛實。內部有兩間六疊大的房間、三疊大的廚房，以及馬口鐵圈設的浴室，這兒或許曾是別人的山莊或隱居地。若這是間被棄置不理的空屋，我或許有機會不勞而獲？我試想住在這裡的情景——窗外見溪流，屋後又傍山崖，雖無空間可農耕，但山清水秀甚是迷人。

一開始在資料館旁，我對於溪水的面無表情、了無變化頗有微詞，但是此刻，我愛上了鄙陋的旅宿與整座溪谷。側耳傾聽潺潺川流聲，任樹林枝葉和空氣陷入凝結的寂靜之中，此時我才改觀，急水激流又何足爲奇？換個角度來看，無刺激、無活力反顯其深邃，樸素更宜老人之情，難怪是「養老」，滄桑果然才是適合年金生活的調味。

從空屋往前走一小段，步道戛然而止，接著要跳踩溪石，橫渡對岸。過河後，前方似乎是養老溪谷的一處名勝「弘文洞」，但是溪石邊堆滿流木、竹葉等垃圾，無法繼續深入。山崖風化後形成了這個巨大的隧道，現在頂部已經因

穿過隧道後的養老溪谷

豪雨而崩塌。

倘若返回原路，橋邊有一條路背溪水而行，通往靠山的村子。我原欲去看看那條路上的幾座隧道，不過見識到這片山谷後我已經心滿意足，於是回到昨天的來時路上，決定繞去明治資料館走走。

資料館的茅草屋頂上覆蓋著鐵皮，原以爲是公營，結果是民營的。古早的生活器物說好聽是展示，實則是雜亂無章地擺放在農家泥土地的角落，蒙上一層塵埃。經營者是一對老夫妻，付了微薄的參觀費後，佝僂著背的老爺爺點燃自製竹筒燭台的蠟燭，將其出借給我。他說資料館附近的山崖有山洞，探險時可以使用燭台。緊接在我之後，有一名背著背包的年輕女性獨自前來。她說她在調查養老川上下游，詢問了老爺爺各式各樣關於河川的問題，老爺爺態度並不冷漠，只是沉默寡言，不太開口。那名女性是學生？或者是從事什麼旅遊相關的工作？近來時興健行，即便不是專家，也愈來愈多人會寫文章投稿。看她頻頻拍照，或許純粹是熱衷此道之人。這是年輕女性也會遊樂的時代，我喜聞樂見。

資料館的河岸有一座小島，形似倒蓋的碗，直徑約七、八公尺。通往小島的木橋也許出自老爺爺之手，我渡橋上島，島上有些蜂巢狀孔洞，我放低燭台進入，發現島內呈現螺旋的海螺形狀，洞穴肯定不是天然形成，而是徒手挖的。小島旁邊的山崖還有一條貌似手挖的狹窄隧道，縮著身子可以進入。進入隧道，約走三十公尺後從山崖後方鑽出，那裡有一條可以輕鬆跨越的細流。老爺爺雖說通道那頭有一個好地方，但在我看來沒什麼大不了，年輕女性後來居上，她在小溪匯入養老川之處眺望。我走了開來，坐在石頭上抽煙。

山崖另一頭像是勉強只能蓋一、兩間房的狹窄死巷，細流在前方三十公尺

養老鑛泉——川之家

處埋沒於灌木雜草叢，然後往前流入自然形成的溝渠之中。水雖看似清澈可飲，我卻不解老爺爺何以說這是好地方，若無此隧道，夾縫間的涓涓細流根本四不通八不達。爲什麼要大費周章，在徹底與世隔絕之地開挖隧道？老爺爺是否喜歡密室或洞穴？如果是，我們算有志一同。重新一看，此間確實最宜獨居。

我回小屋售票口歸還燭台，這棟小屋是新建的，與主屋相連。此時老爺爺已不在此處，只聽到他的聲音從主屋傳來，要我喝杯茶再走。小屋中的長椅擺著梅乾、蕗蕎和茶具，蕗蕎似乎是自己醃的，我咯滋咯滋地吃了十顆左右，心想他們做的生意實在古怪。老爺爺不但蒐集老器物，看來還在附近山崖上親自鑿洞，腹地內的長椅、木橋和休息處，甚至醃梅乾和蕗蕎都親力親爲，個性內向寡言的他究竟是何許人也？此事令我耿耿於懷。

我喊了聲「謝謝招待」後起立，老爺爺的聲音又不知從何方傳來：「你去看看橋那一頭的股倉觀音[1]。」這四個字聽來陌生，我朝車站方向前進，過了昨天的鐵橋，眼前是一間茅草小屋。屋內有兩組腳踏式的杵和臼，不知是否亦爲展示品。杵臼旁就是股倉觀音的小祠，一看發現有好幾根分岔成人腿樣的樹幹斜靠在上，木板上還有三具張開大腿的女體浮雕，刻工稚拙得駭人。此外也擺著印有裸體照的馬口鐵拖盤，以及被套上內褲的人腿樹幹，我看著不禁苦笑。

這塊地麻雀雖小，卻如一座微縮園景，細流和山崖交織複雜，還有幾座隧道在其間，而且似乎全都是人工挖鑿的。縱使土質帶沙而鬆軟，如此浩大的工程究竟費時了多少年？這是興趣還是生活？我驚訝地打量著。燭台已經物歸原主，我無法逐一細訪，只好隨便選一處，憑藉打火機的光探路。在見過股倉觀音之後，此刻感覺自己正在進入「股倉」之中，心情十分詭異。同時，我揣想

1 股倉觀音：股倉即跨下，觀音則是陰部的隱語，股倉觀音可能是與性器崇拜相關的信仰。

獨自踏上旅程的男子，背影寫著心上秋

著不斷朝股倉深處開挖、挖出暗洞的老爺爺用心爲何。

走完漫長的胎內巡禮，出了迷宮後又有一間茅草小屋，還有鑿井一口。小屋中環堵蕭然，只有鋪著草蓆的八疊大起居間，以及大小相近的泥土地，角落雖有灶，卻不見茅房或浴室。我讀了一旁告示板上的說明，說這是江戶時期（一六一五～一八六八）最底層的民家。德川幕府制訂了嚴苛而不公平的身分制度，最底層百姓的居所，指的是位階低於士農工商的賤民小屋嗎？告示板上表示，居所大小、格局、窗戶位置和大小、木材種類都會受到限制。

川崎的民家園位在從我家騎腳踏車三十分鐘的地方，民家園移建、復元、集合了全國的老民房，其中也包括江戶時代的建築物，卻不知爲何沒有最底層的民家。而老爺爺是基於什麼意圖復原了這棟民家？我彷彿能感受到他的怨念，開始對潛入胎內的老爺爺胡思亂想，猜測他內心深處可能的千思萬縷。

我沿著昨天誤走的那條漫長坡道而上，朝車站方向前進，同時回望資料館，心想這位老爺爺從事如此詭異的生意又如此有創意，我著實敬佩不已。雖然資料館沒什麼收入可言，但加上年金多半湊合得過去，一思及此，實在羨煞我也。我曾經構思過若干種田園生活之道，卻覺得有老爺爺這般的晚年（雖然不清楚原委），夫復何求？

（昭和六十三年（一九八八）四月）

丹澤的鑛泉

明明只要對現在的生活死心，就再無難事了，偏偏我執念深，這次又異想天開地尋思「是否開間鑛泉旅宿」。

何以不是熱的溫泉？現在景氣好，掀起一波溫泉熱，在此情況下我不可能買到溫泉水權，再說熱潮搞得溫泉改頭換面，變得自甘墮落、魅力盡失；相對而言，鑛泉的水量少，還需要加熱，浴池為省燃料也做得小，給人小肚雞腸、斤斤計較之感。此外，鑛泉旅宿大多是鄉下地方遺世而獨立的，或是位於方寸之地，頂多兩、三間小屋聚集。有些鑛泉旅宿不見於地圖或旅遊書，只有當地人才知道，由老闆農忙之餘操辦，生意差，沒有掀起熱潮的潛力，頗有「曲低和寡」的味道。曲低和寡者，會隨著改朝換代消失無蹤，在諸多前例中，寒酸鑛泉的經營者上了年紀或病逝之後，生意後繼無人，最後只能關門大吉。

倘若處理掉我現在的居屋（其實只是集合住宅的套房），至少勉強能在荒郊野嶺買一間吧？荒山野外鮮少旅人蹤跡，但反正我只求餬口，日子能清閒過最好……這是我最近的想法。

我常不滿足於喜好僅只是喜好，動不動就想把喜好發展成一門生意——喜歡旅遊就妄想開「旅宿」，喜歡散步就冀望當「散步家」。可惜「旅宿」和「散步家」都難以爲生，鑛泉反而實際得多。

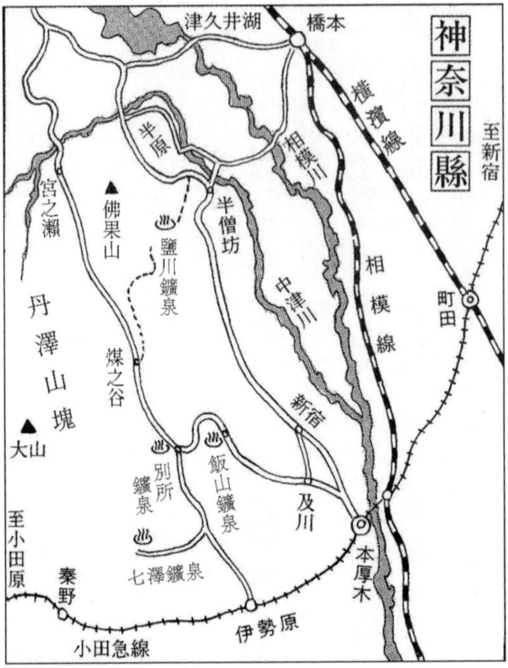

我昔日曾動過經營鑛泉的念頭，有一段時期看上的是山梨縣上野原的鶴鑛泉、金子鑛泉和仲山鑛

泉。我打電話給金子和仲山都不通，問了公所，得到的答案是「不清楚詳情，不是停業就是歇業了」。鑛泉多半是老婦在張羅，說不定老婦已經過世了。致電第三間鶴鑛泉，電話那頭的聲音果然也是老婦，她說颱風吹走了屋頂，房舍周遭還埋在砂石中，他們無計可施，無錢可用，因此沒有重啟的計畫。後來拖拖拉拉的又過了兩年，我造訪鶴鑛泉時它已經重啟了。明明是間無比簡陋的旅宿，卻客滿無房可住。當時正興起一波健行熱潮，健行路線納入了鑛泉前面的大地峠，下榻的健行者一增加，旅宿就不必歇業了。至於金子和仲山，我沒有實地走訪，不知現在是怎生模樣。

我常常一時興起，旋卽又意興闌珊，鑛泉一事我當時沒再關心，最近卻又死灰復燃。起因是我想就近來一場小旅行，於是我看了神奈川丹澤的地圖，地圖背面介紹丹澤山腳零星的幾間鑛泉旅宿，而半原的鹽川鑛泉目前停業中。我早就知道丹澤的鹽川和別所鑛泉很偏僻，也想下榻其中一間，而鹽川停業一事引起我的好奇。那是名爲「瀧之家」的旅宿，遺世而獨立，經營者的姓名是女性，我猜測或許同樣是因老婦年邁而停業，而停業中電話多半不通，我便直接洽詢行政單位。想不到聽說瀧之家約一年前停業，但最近換了經營者又重新開張。丹澤的地點不差，距離也可謂近，近在眼前的鑛泉曾歇業，我卻渾然不覺。一聽經營權易主，我懊悔自己任由到嘴的鴨子飛了，死灰之心就猛地復燃。

不過話說回來，究竟什麼人買下了荒涼的鹽川？所費幾許？雖說江山易主已無力回天，但我總是好奇，決定前往丹澤實地查訪，以資後用。

從小田急線的本厚木下車，搭乘開往宮之瀨的公車。去鹽川其實要搭乘另一個方向開往半原的車，不過我想先去偏僻的別所鑛泉看看，因此選擇了宮之瀨路線。行車二十分鐘，丹澤山塊直逼眼前。公車乘客全在別所前幾站的飯山鑛泉下車，飯山開了五、六間旅宿，不偏也不僻。公車繼續繞行山腰，十分鐘後，抵達位於飯山後山的別所。

下車後是一條通往宮之瀨峽谷的街道，路邊有酒鋪和食品雜貨店。小鮎川流淌於街道一側的懸崖下方，在樹林遮蔽下不見其蹤。路上冷冷清清，只有六、七戶人家。兩間商家夾出一條死巷，走進約一百公尺就撞上山牆。這裡是一處約二十戶的聚落，地近大都市的厚木，沒什麼鄉下的感覺。比這群房舍矮一階的細流畔，蓋了元湯旅館和溪間屋這兩間緊鄰的旅宿，細流其實才一公尺寬，水質清澈，看著卻像小水溝，毫無情調。在其他房舍的包圍下，四周景色甚爲乏味。經過改建的元湯旅館相當整潔，溪間屋則是徹頭徹尾的鄉下旅宿。兩間的位置矮了馬路一階，從二樓窗戶能看到客房中不平整的榻榻米。我繞到對面的窗戶，看到細流對岸竹林叢生，侵門踏戶到屋上，還布滿了蜘蛛網。斜對面還有墳場，舉目寂寥，使人耐無可耐。飯山鑛泉和七澤鑛泉就在附近，恐怕無人想下榻如此寂寥之地。不過著迷於悽慘冷清、蓬戶甕牖的我，彷彿挖到寶一般欣喜若狂。百無聊賴時，最宜至此長吁短嘆。我若經營旅宿，就想走這種風格的。

本欲改變計畫，棄鹽川鑛泉而改住溪間屋，可惜聽說今天休業。看車輛送來偌大的行李，像是在喬遷，他們應該是忙得分身乏術。

要從別所去鹽川，免不了要縱走佛果山、經之岳的山稜。搭公車的話，不是要繞路回車站，就要繼續入山，繞行宮之瀨，除此之外別無他法。我心想取道宮之瀨，沿路可以遊覽知名的中津溪谷，於是決定搭上開往宮之瀨的公車。公車沿路爬坡入山，一路順暢。我引頸期盼，猜想宮之瀨的峽谷或許是處偏僻的山村。除了經營鑛泉之外，我還有個乖僻的心願，希望能隱居山林、孤老終生，因此我想順道看看丹澤的深山。三十分鐘後，公車抵達終點。

偏僻的別所鑛泉——溪間屋

終點處的高山深澗雖使人望之暈眩，卻有一座高台得以俯瞰此間溪谷，更有嶄新的歐風民宿、圓木搭築的餐廳和喫茶店在張牙舞爪，還有數以百計的摩托車以及滿坑滿谷的年輕人在此。我見狀愕然。

我詢問公車司機：「請問……這裡是宮之瀨嗎？沒有村子嗎？」

司機回答：「水壩工程開始後村子就被拆遷了，過幾年這一帶都會沉入水庫的湖底。」

「那深山裡面哪來這些熱鬧的商家！」

「水庫形成之後，這裡剛好變成瞭望台，以後會更加蓬勃發展啊。」司機得意洋洋地說著，前方通往鹽川鑛泉的中津溪谷路段，已因工程而禁止通行。多逗留於此地一秒對我而言都是苦，我跳上回程公車，原路折返。

日落時分，我再度在別所下車。天色已暗，我想繞回車站前往鹽川，但我沒有先訂房，倘若無處可住就進退兩難了。而別所的元湯旅館於我又略嫌不足，我決定去附近的七澤鑛泉。沒想到去食品雜貨店一問，說路程至少四、五公里，沒有公車，夜路又不可行，無奈只能去飯山。

飯山鑛泉是飯山觀音的門前町，據說這是行基菩薩開創的古剎。五、六間旅宿散落各處，天色暗不便尋宿，結果不得已下榻了不值一提的乏味旅宿。它是否真有鑛泉都值得存疑，殺了價還是被收一萬圓，我火冒三丈，隔天帶著火氣去參拜觀音。

此時我覺得繞道去鹽川鑛泉不甚有趣，想改而縱走山稜，取道地勢較低的稜線尾端，因此我行至及川，從及川縱走山勢平緩如矮丘的山稜。我雖然喜歡信步慢行，沿路卻有砂石車呼嘯而過，路程乏味。翻山越嶺、跋山涉水後，心中萌生「欲速是否更該繞路」之感，累得我筋疲力竭。行至名爲新宿[1]之地時，我享用了一碗拉麵，拉麵店對面有間小的二手書店，我過去瞧了瞧。走進陌生城鎮的店家，對我來說很有旅行的雅致。

從新宿搭開往半原的公車，歷經二十分鐘的車程，在半僧坊前下車；若是從本厚木站過來，則需要三十五分鐘。半僧坊前下車後，直走到底是中津川，在過橋之前左轉，沿河濱道路走約一公里，就會抵達鑛泉。這是條砂石車的專用道路，一路上風景乏味，沒有房舍。在上坡路前下至河床，可以看見涓涓細流在此注入中津川。沿著細流往山區走四百公尺就是鹽川鑛泉，無數的烏鴉在遼闊的河床之上飛舞，叫聲詭異，而且遍地垃圾，無比荒涼。名勝中津溪谷在更上游處，這一帶水淺，幾乎可以涉溪走到對岸。河床一角有一間新建又明亮的洋風旅宿，周遭圍繞著「山豬料理」的旗子，俗不可耐。再沿著細流走一百公尺，又有一間新建的旅宿。記憶中，「瀧之家」應是鹽川唯一之宿，然而在這荒僻之地竟冒出兩間旅宿，實在啟人疑竇。

從第二間旅宿繼續往前進，細流猛地裂山而走，形成萬丈深壑的地勢，再行一百公尺，崖壁上就是我的目的地——瀧之家。瀧之家無比寒酸，夾在幽暗

1 指的是神奈川縣的地名「荻野新宿」，簡稱新宿。

鹽川鑛泉——瀧之家

鹽川鑛泉別館的湯屋

山谷之間，或許讓它比別所的溪間屋更為寂寥，我看得內心澎湃，怦然心跳。然而四下不見人影，叫門也無人回應，玄關和旁邊的外廊都上了鎖。外廊旁有台機車、幾張圓桌與椅子，煙灰缸放在桌上，整體沒有停業的跡象，或許是主人暫離。我坐在椅子上歇息了半晌，想著原地乾等也無濟於事，於是決定繼續前進，往細流的上游而去。上游有座瀑布。

沿著寬約兩公尺、水深不及十公分的慘然溪水前行，山谷愈趨狹窄幽暗，萬里的晴空卻沒有光照得進來。再走一百公尺，河邊有間小屋，似乎是瀧之家的別館，從玻璃門探看，屋內的大型沙發與家具雜亂無章。若我是這間旅宿的主人，把小屋當書房或山莊應該也不賴。屋內牽出一條橡膠管，水勢凶猛往溪水噴。此屋不知是否有湧泉，我看屋頂有根傳統的H型煙囪，或許鑛泉是在此處加熱的。

往前再走一百公尺，有間一丈四方[2]的小堂。聽說良弁僧正曾在這個山谷修行，小堂與他或許有淵源。近處還有一間斷垣殘壁的荒廢屋舍埋沒在草叢之中，此地荒僻異常，已經住不得人，難道真有人曾居住於此嗎？論生活，附近沒有店家；論自給自足，也沒有耕地的空間；而且陽光不入，於健康有害。若

2 邊長一丈（三公尺）的正方形空間。

想來鹽川鑛泉深山的無人之堂一住

不是對人生心灰意冷，決意自我放逐，多半是住不下去的。

在陰濕的泥濘路披荊斬棘，繼續走了一百公尺，細流終於來到盡頭，流瀉成瀑布。瀑布高低差十五公尺，水量也少，在三方峭壁的包圍中，瀑布藏身其中難以瞧見。由於視野不佳，因此在制高點架設了一座紅色小橋，讓人得以欣賞瀑布，但此間瀑布也不值如此。然而，佇立在盲腸盡頭般的陰暗死路上，我的感受無以名狀，萌生不可思議的感動。是悽悽慘慘冷冷清清懾服了我嗎？我未曾見過如此陰沉的自然景色，毫無救贖可言，讓身心重如泥淖。

——善人尚往生，

何況惡人——

我腦中猛地浮現親鸞之語，好像可以明白，僧人何以至此修行。

我返回旅宿前抽了根菸，細細品味這番感動後掉頭離開，看新建的那家旅宿的女主人在外，我試著攀談，問她買下瀧之家的是什麼人。她告訴我是一名屆齡退休的老伯，家人在東京，老伯獨自操持這間旅宿。她說：「這一帶沒有店家，他時不時會騎車去採購糧食什麼的。」既然能獨自一人經營，又能說走就走，想必雜務也不至於太繁忙。他實踐了我的願景，我對他好奇萬分，想知道這位老伯是什麼人物，也好奇他花了多少錢買下。

「這一帶的土地很貴嗎？」

我問道。她說這一帶是市街化調整區域[3]，價格雖低廉，卻無法建新屋。至於兩間新建旅宿則屬例外，她說明了原委後，我才知道原來因宮之瀨水壩工

3 日本高度經濟成長期，發生人口過度往都市集中的現象，於是制訂了市街化調整區域的辦法，以期抑制都市無止盡向外擴大、近郊環境受到破壞。在市街化調整區域中，沒有特別許可不得任意興建房屋。

程而被拆遷者，會得到這塊土地以資補償，想不到他們搬遷此地卻閒得發慌。

在一般遊客眼中，陰暗的山谷、不足掛齒的瀑布和中津川的河床都平淡無奇，如此乏味之處放眼難尋，卻使我深深著迷，尤其是那瀑布和小堂。先不談經營鑛泉之事，能夠發現這般絕望之地，彷彿讓我得到了救贖。

（昭和六十三年（一九八八）十一月）

日原小記

走訪奧多摩，閒來無事在鳩之巢的鑛泉旅宿住一晚，恰好隔天有半日的空檔，我順道去走訪日原的峽谷。

日原是知名的東京祕境，不乏登山、健行、遊覽鐘乳洞的遊客出入。人潮一多就難稱之「祕」，不過日原的景致龍蟠虎踞，仍舊不愧其祕境之名。

日原川的沿岸崖道雖可供公車通行，不過崖道幾乎是鑿在峭壁上，邊坡密密麻麻鋪遍金屬網，以防坍方。我全程沿著上坡路段而行，入山愈深，河谷也愈深，聽著漸行漸遠的流水聲，恍惚間自己的意識也險些矇矓。日原的山上大量開採石灰岩，光禿禿的山壁甚是荒涼，更形成了祕境般的景觀。

深山中的日原村，距離青梅線的終點站奧多摩約十二公里。我曾讀過一本戰前的登山書，書中寫到夜裡登山從對岸眺望的景象，日原聚落位於階梯狀的

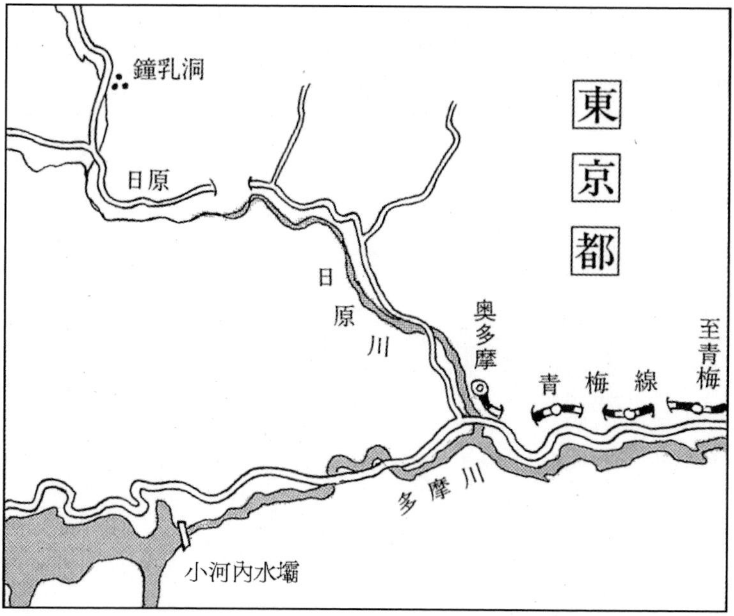

山坡上，房舍燈火明滅，宛如一座堡壘。見到日原聚落時，我想起四國的祖谷溪和伊那的下栗。此處山谷雖不及祖谷溪和下栗深邃，景色卻更雄偉，更嶙峋陡峭。

我也下到聚落中的崖道，試圖過河到對岸，途中撞見一扇貌似明治或江戶時代的古門。往門內一探，發現房舍似乎已經重新翻建，變成一間民宿，只剩大門古意盎然。我頻頻打量，因此把門牌上的

「原島」二字記入了腦中，十天過後，無意間翻閱《花袋紀行集》時，才發現書中也出現造訪日原的段落。這本書有上千頁，我曾經略讀過幾篇，卻沒讀過日原的部分，書中記述，田山花袋去過日原的名門原島家。當時可能是明治末或大正時期，他在原島家稍事歇息後到鐘乳洞遊覽，夜裡才下山離開。不巧山裡颳起暴風雪，引路人勸阻他，他卻一手火把，一雙草鞋，走了十二公里的崖道，抵達奧多摩町。當時的山路又窄又險，那十二公里我也走了一半，讀《花袋紀行集》如同重新喚醒記憶，那暴風雪夜之景，宛若親見。

聚落再往前兩公里有一處鐘乳洞，田山花袋也持著火把一遊過。如今有電燈照明，洞內已無安全之虞，不過洞窟大得超乎想像，盡頭的窟窿更是巨大得無法置信，簡直以爲自己身在地底，漆黑的洞頂之高，連燈照都難以企及。洞窟中央有三層樓高的石階，階梯之上的石台名爲「賽之川原[1]」，供奉著石佛。若是在石台上演奏交響樂，巨洞中的回音肯定震耳欲聾。石階若位於洞窟一隅並不稀奇，位於中央卻無比神妙，有種如夢般不可思議的感覺油然而生。或者說，其實夢境世界眞實存在，是我潛入夢中回不去現實，才導致內心惶恐不安。

聽聞昔日有修行者定居在此。洞窟周遭的景色壯觀、氣勢磅礴，其險峻最

1 賽之川原：即冥河。

宜修行，而在峽谷深處修行之時，他們的生活又呈現什麼面貌？在我的想像中，生活多半艱苦，頭髮、鬍鬚恣意生長，衣衫藍褸以草木爲食（生食樹果、山菜等），實質上或許近乎叫化子。

隱居山林一事不時會浮現在我腦中，動機不是因厭世而遁世，而是純然出於我生性如此，心頭總有股莫名的焦慮盤踞，因此還被安上了「焦慮症」的病名。我想逃離這種不安，而倘若斷絕一切塵緣，個性與想法或許會漸漸改變，不安也會煙消雲散。這沒什麼道理可言，我只是有些模模糊糊的想法。

我同時也在想，某些隱居山林的修行者可能患有精神疾病或是無法適應社會，宗教人士多半有精神官能症之類的毛病。雖然無人能想像斷絕一切塵緣的山居生活，不過山居說不定能扭轉人的想法。

有一天，我從家中望向窗外，看到十公尺外有一名中年男性乞丐。雨天裡，他仰望天空任雨水濕身，定點佇立了好半天。原以爲他在賞鳥，我以相機望遠鏡頭拉近觀察他的表情，發現他雖相貌堂堂，卻有一雙空洞的眼睛，眼神沒有對焦，無所用心地仰首虛空。宗教人士多半不會像他迷失自我，不過我猜想，這名乞丐可能塵緣已了，再無三千煩惱。長年的乞討生活讓他成爲行屍走肉的獸類，但又有何不可呢？

鐘乳洞周遭的景色令人嘆爲觀止，我啞口無聲，呆愣在原地，眞不知聳立的燕岩、籠岩和梵天岩究竟多高。光滑的岩石肌理表露無遺，巨岩不僅垂直聳立，甚至還巍巍欲前傾，我想前去巨岩正下方，雙腳卻動彈不得。

山岳書籍中常見一種描寫，說在氣壯山河的面前，自己小如粒豆，渺如螻蟻。看到這描寫，我總覺得該有更普通的表達方式，但此刻我也感覺自己渺如螻蟻，除此之外無以言表，只有滿心的澎湃。倘若渺小如豆的狀態延續，長此以往，是否會變得渺小如沙，最終消失於無形？我所謂消失，指的當然是「心」。

在過去的旅程中，我幾乎未曾對山產生過興趣，縱然會遠遠眺望，對於山中景色卻一無所知。在登山家眼中，公車可達的日原或許不可謂深山，但對初來乍到的我而言，已經耳目一新，驚奇萬分。

歷來我所偏好的旅遊目的地，不是村里、古道、宿場，就是偏僻漁村或溫泉地，這些地方都能感受到生活文化與人情，周遭景致也離不開生活或能共感之物。然而日原的景色絲毫沒有此類雜質介入的縫隙，於是我也沒有任何體悟可言。氣壯山河的威力就是，不使觀者感物生情，而使人心歸於無。

陡峭山坡上的日原聚落

話說回來，二十年前我也有過類似的經驗。當時友人駕車，我們巡遊了富士五湖，看完本栖湖後下山，準備繞去身延。在一座小山的山腰上一轉，視野猛地拓展而開，南阿爾卑斯的群峰綿延橫亙眼前。我與友人原本在車上閒聊玩笑，這景象就猛地躍入眼簾。山頂戴著薄雪，山腳霧氣繚繞，讓整座山宛如懸浮於地，顯得格外神聖，看得我胸口一熱，感動得情不自禁想要合十一拜。儘管我對於山事素來漠不關心，當下依然百感交集，一句話都說不出來。

沒有登山經驗的我，無法理解有什麼跋山涉水攻頂之必要，或許這只是個人的謬見，但硬要說的話，登山爲的不就是在大自然面前，深切體會滄海一粟的自己嗎？這豈不也是讓自己回歸於無的行爲？

從古至今歸隱山林的修行者，爲的可能就是這種體驗。回程路上，我在日原聚落中享用拉麵，內心一邊揣想。

（平成元年〔一九八九〕四月）

五

秋山村逃亡行

隱居深山是我這幾年來的夢想，最近出遊，我也會有意無意地尋覓適合隱居之地。

前年（一九八七）秋天，我去了秋山村的富岡兩次，富岡位於山梨縣東境，是最靠近東京的聚落。兩次都是順道而去，未曾留宿，當時的同行者看到那裡的景色，驚嘆道：「好驚人的地方，這是日本的西藏啊。」一說西藏是言重了，不過富岡帶有祕境的色彩，又予人陰暗寂寥的印象，即便同行者住在多山的山梨縣，也忍不住讚嘆。我心想，此地或許最宜隱居。

秋山川可謂高山深澗，而秋山村依山傍水，整體狹長，上下游僅有一條路，聚落錯落其間。我兩度造訪的富岡位於下游處，山谷通常愈往上游，就愈險峻、荒涼，我一直想走訪上游處，遂於今年冬天出發。

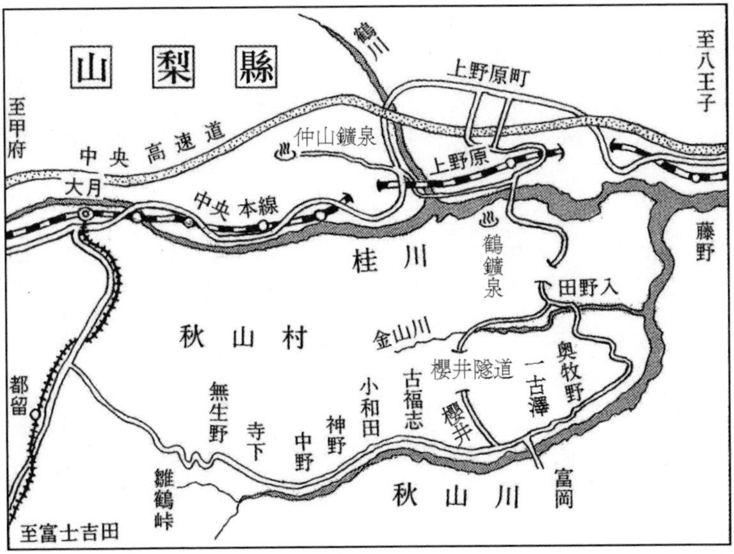

從中央線的八王子再過五站，到上野原下車，我想打聽上游是否有旅宿，站前卻只有計程車司機可問，司機答道：「山下的富岡有兩間，往山上走，我記得中野有一間吧。」村公所就位於中野，我決定先去那裡再做打算。我請司機用無線電詢問車行，得到的回覆說有一間名爲「梅屋」的旅宿，不過他們家人有事外出，無法接客。我又再請車行替我詢問他處，本來只想問出地點之後搭公車前往，但已經麻煩到司機了，不得不改搭計程車代步。司機說：「公車早晚只有四班，而且徒步走不到。」

從車站可見桂川，渡橋後計程車不斷爬坡而上，不久後眼前出現一座隧道。這是秋山村的入口，以隧道劃分爲界，彷彿平時看不見的未知世界就在另一頭等待著，我開始緊張了起來。出了隧道，有一處名爲田野入的小聚落，往前走道路一分爲二，車子右轉，駛進山林之間的道路，幽暗的樹林遮蔽前方的視線。繼續前進，又出現一座長隧道，名爲櫻井隧道。出隧道後沿陡坡而下，秋山川迎面而來，此處視野豁然開朗，景觀一新，才會讓當時同行的山梨居民大喊「這是西藏」。

景色雖開闊，看起來卻如祕境，原因或許在於走過沿途幽暗、穿過隧道後的出其不意。我憶及以前看過的冒險電影，在誤闖叢林、穿過洞穴後，史前時代的恐龍世界就攤開在眼前，此時的我也以爲自己涉足了人跡未至的土地。高山深水的秋山川讓人望之暈眩，而對岸左手邊的富岡聚落，彷彿飄浮在晚霞的山崖上。

我第二次來訪富岡時，依然是由同行的山梨居民駕車，與十幾名同伴在田野入岔路口，選擇了左轉。左轉後沿路是日向、奧牧野、一古澤和富岡聚落，

一古澤的吊橋

因此公車也會通行，而右轉走櫻井隧道反倒路阻且險，百轉蜿蜒。我想讓同伴一瞧秋山村風景，於是和大夥在回程途中繞道而來，當時日已落西山，夜雨渲染的景色在同伴眼中荒涼無比。

然而對景色的觀感不只受心境影響，更被天候與時間左右。此番秋山村行的天候極佳，計程車出了櫻井隧道後，那片動人心弦的開闊景色使我緊張，但富岡一帶山明水秀，山村愜意自適，與上次的印象大異其趣。彼時秋山川浩浩湯湯，震盪山谷，此時的水量卻像條小溪，或許是乾季的緣故。

計程車的車行通知，已經在中野尋得旅宿並訂房，於是計程車往秋山川上游而去。S字形的山路一拐，就有一處小型聚落進入眼簾，櫻井、古福志、小和田、神野……每過一彎我就回頭探看。寬廣的道路鋪設完善，沿路設置的護欄也不曾中斷，愈往上游走，山谷愈是清明。若是搭公車，免不了一小時車程，而計程車不到二十分鐘就抵達了中野。然而眼前景象，殺得我措手不及。

我想像中的中野位於幽暗峽谷的盡頭，眼前的中野卻有一棟氣派的公所。此間溪谷較淺，河岸矗立著鋼筋水泥的三層樓醫院。我初來富岡後，與友人談及此行，嗜好旅遊的友人收藏了一本戰前出版的遊記散文，題爲《山村巡禮》，

中野的旅社——中央旅館

書中介紹了秋山村，友人將此書的影本贈予我。我不久便取得該書的二手書，書中視秋山村爲山梨縣第一的貧村，即便物換星移、滄海桑田，在此地看到氣派的醫院還是令人意外。

我訂的旅宿就在公所和醫院一旁，面向馬路而開。旅宿是老舊的木造旅籠風格，推開玄關的玻璃門，門邊放著菸草盒販售香菸，我從沒看過有人在密閉的屋內賣菸。

年約六十的女主人從玄關旁的外廊走來，我坐上外廊寒暄，說自己爲工作而來。計程車司機剛才說，或許是我孤身一人的緣故，另一間旅宿才會以家人不在爲由拒客。秋山村並非觀光勝地，我卻隻身前來晃蕩，若因此啟人疑竇也麻煩，於是我特別強調自己從事攝影撰文之職，此行爲差旅所需，望女主人放心。我客套一句說：「眞是個寧靜又美好的村子呢。」後方一名抱著衣物的年輕姑娘正巧經過，我簡單向她致意。花容月貌的姑娘妝容很都會，雖然這算不上什麼，但我覺得自己住到了間好旅宿。

接著我直接外出拍照，沒有進房。女主人提醒，有土木工人入住，他們五點回來，要我在這之前回宿入浴。

從中野繼續入山，依序是栗谷、板崎、寺下、無生野這幾個聚落，從盡頭的無生野翻越雛鶴峠，可以通向都留市。我原想繼續入山探訪，卻一時迷糊朝計程車來時的路上前進，就此錯過走訪上游處的機會。

路上車流少，鮮有人蹤。我往神野前進，在懸崖下的山坡上，看到一群同型同大的小房舍，總共四戶，每戶五、六坪。見屋內無人，我走下懸崖細查，簡陋的房舍不像山莊之流，沒有庭園，只貼著權充門牌之用、墨跡斑駁的名片，上頭寫的似乎是「八王子市」。屋主或許是特定時節才會來住。我草擬過幾個具體的隱居案，也自知這些做法都不切實際，想來這種山莊生活還是最省事簡便。但如果像是都市的先建後售宅，鄰戶緊緊相依偎，獨居又有何意義？

神野有一間占地遼闊的國中，我在計程車上山經過櫻井時也看到一間氣派的小學，兩校都是鋼筋水泥建築。神野國中對面的山丘上有座高爾夫球場，看得見「秋山村鄉村俱樂部」的看板。行過神野，來到小和田的聚落，小和田的山丘上也有一棟白色建築的市民會館。閱讀半世紀前的《山村巡禮》時，還以爲鄉下地方變化不大，我對此地的想像亦如書中的模樣，曾幾何時，全縣第一的貧村竟已繁榮至此。聚落中的房舍蓋得寬敞廣大，遍尋不著鄉下那種茅草屋。雖說此地是山谷地形，道路與聚落都位在谷坡上，沒有谷底的幽暗，各處聚落都足夠遼闊，有地可耕。從小和田望向對岸，可以看到約十戶豆大的小木屋，紅藍色彩斑斕繽紛。

縱使過上山居生活，我依然想見孩子，考量到孩子能夠獨自來訪的距離，便以近處的奧多摩與丹澤爲候選。丹澤是觀光勝地，容易使人分神，因此我滿心期待雖近卻僻的秋山村，自認秋山村占盡天時地利。想不到事與願違，山上又是小木屋，又是高爾夫球場，隨處可見野釣收費的立牌，可見釣客也不少，一想到旺季的人潮我就頗爲灰心。憶及友人說過，無論再荒再野的深山如今都鋪了路，僻壤不僻壤，祕境也不祕境了。

我時不時取出地圖、戴上老花眼鏡，邊走邊對照景物的變與不變。我在兩處看到「一坪圖書館」的小立牌，很好奇這是什麼樣的圖書館、讀得到什麼書，但是單憑立牌不知道圖書館位於何方。圖書館爲私設，因此可能是利用平凡人家的空間，我若住進此村，是否也可以開間一坪圖書館？

我的密友曾提議在鄉下設立漫畫美術館，其設立目的不爲娛樂，美術館要展出小衆漫畫家的原稿與珍本，並仿效信濃素描館[1]供應咖啡，他要我當館長，並說：「這樣你的老年生活就有保障了喔。」我突然靈機一動，想著若將美術館設在此村呢？取名爲「一坪漫畫館」之類的……

我想著這些寒酸之事，從小和田拐了一個大彎，路愈往下游溪谷愈深，不知不覺間，來到了古福志。再往前走會到櫻井與富岡，若是走太遠，返回旅宿的路程會苦不堪言，因此我買了路邊自動販賣機的罐裝咖啡，沿谷坡下去稍作歇息。古福志、櫻井、富岡這一段的河谷最深，從山崖上都望不見，不過秋山川不見奧多摩的岩壁、巨石與滯礙，河床遍布小石，意外平凡。

1 已於二〇一九年閉館，改名「KAITA EPITAPH 殘照館」後，於二〇二〇年重新開館。

日光不入谷底，我啜飲咖啡抽著菸，好半晌都在品味孑然一身的孤獨，接著拍下自己到此一遊的照片留作紀念。設好計時器之後，我把相機放到遠處，以免自己超出框格之外，接著對好焦距，跑向我要坐的岩石，跑到一半卻被小石子絆到差點跌倒，第一張照片失敗。我兀自苦笑一下，後來第二張似乎成功了，我便在附近小便，原路折返中野。

回到下榻處後，方才的美麗姑娘帶我上到二樓盡頭，客房由三間四疊半大的隔間構成L字形。正中間的隔間有電視機與暖爐桌，最裡面的隔間已經鋪好硬挺的被縟。姑娘送了晚餐來，她一句不吭我也尷尬，我問：「妳是這家的千金嗎？」她說：「不是，是媳婦。」她的五官透露一絲哀愁，寡言又內斂的姿態如今罕見，雙手的凍瘡又紅又腫，鄉下媳婦之辛苦，可見一斑。由於女性意識抬頭，都市時興起「新女性」的概念，這種趨勢她想必知道，卻依舊選了樸實的人生，實在堅強。晚餐菜色是竹莢魚乾、燉茄子、烤豆腐與涼拌蜂斗菜，雖是滋味樸素的山村料理，不過有一道襯著美生菜的炒麵，擺在燉茄子一旁曖曖內含光，似乎是年輕媳婦的用心。

我的房間離工人很遠，聽不見他們的聲音，寧靜的夜裡只聞河水聲，我坐進暖爐桌，沉浸在久違的一人旅遊之中。我取出五萬分之一的地圖，回顧今天走過的地方，尋思下一回要去隔一座山的道志村。此時媳婦前來：「很抱歉打擾，突然有客求宿，請問您願意共房嗎？」旅宿不像是客滿的樣子，沒想到還需要共房，我內心遲疑了一下。但若有空房恐怕她也不至於來求，我獨自霸占三間四疊半的空間太奢侈，共房實屬無奈。如果是將L字的三房分成兩端來用，我的寢間留有出入口，進出不至於尷尬，不過要人共房實在有夠吝嗇。

不一會兒，外頭傳來停車聲，一名圓臉矮胖的中年男子被帶了過來。我關上隔屏在中央的隔間放心看電視，媳婦卻拉開隔屏告訴房客這裡有暖爐桌。穿西裝打領帶的房客回應「沒關係」，並對我說「你好，抱歉打擾了」後，隨即關上隔屏。媳婦的粗神經使我不悅，但轉念一想，或許這樣才有旅籠的味道。

房客洗完澡後，在隔屏的另一頭注意到我的存在，他清咳，自言自語呢喃了些什麼。過後他拉開隔屏，說「果然很冷，讓我窩一下」，接著一身棉襖坐進了暖爐桌。即便異常的暖冬使得白天暖和，山村夜裡的凍寒仍舊讓人挨不住，室內只有一張暖爐桌，吐氣都是白霧。

「唉，我問了好幾間旅宿，都說八點後不願意收一人客，最後才跑來這裡哀求。」

他與我年齡相仿，似乎也很好相處，我鬆了口氣。

我問：「你從哪裡來的？」

「我是在地人，現在住在千葉的幕張，這次回來掃墓，路上被其他事耽擱……啊，對了，不嫌棄的話請隨便用。」

他從包包中取出飯糰、大片鱈魚乾和兩罐罐裝啤酒，放在暖爐桌上。

得知他是在地人，令我心生好奇，便詢問他這個村子的產業、景氣狀況和人口等等。據他所言，公所、醫院、學校之氣派，以及入山愈深愈開闊之反常，是因為以前有很多公車班次從都留市翻越雛鶴峠而來，此處是入村口，櫻井、富岡反而才是深山，昔日以縣政府所在的甲府為本位，如今什麼都心向東京，變得上野原才是入口了。醫院不大的話沒有醫生願意來，小學與國中都廢校或整併了。這裡沒有什麼產業，早期以燒木炭和養蠶為主，現在開車二、三十分鐘就到上野原了，因此很多人會搭電車去八王子或新宿上班。由此可見，車流少，道路卻完備，是出於通勤需要。

他還說：「嗯，卽便是離東京這麼近的村子也有人口外流的現象了，所以通勤條件一定要夠方便。」

我問：「現在不是無論多鄉下，都很盛行鄉鎮再造嗎？」

他說村民沒有智慧，絕大多數依然要委託東京的業者辦活動，最終只會被人壓榨，留下一屁股債。「千葉雖然在進行大規模開發，但賺錢的不都是大資本嗎？瀨戶大橋就是很好的例子。」他邊吃鱈魚乾邊說。

他開口就是壓榨、大資本和東京一極[2]等詞彙，比他外表形象更深明事理、口若懸河，說到自己的故鄉時也不卑不亢，介紹得鉅細靡遺，卽便是不與人爲善的我，也感覺如沐春風。

他說自己是建築工，問我從事什麼工作，我便把對旅宿女主人說的複述一次。「是喔，遊記嗎？你寫什麼主題？刊在什麼雜誌上？」我看他略知一二，一時語塞，他便體貼地轉移了話題：「嗯，應該各式各樣什麼都有吧。」我在埋沒於世的男人身上感受到一股魅力，並發覺逃避現實的自己果然是乳臭未乾。

我想過要住在破廟，叩叩叩地敲木魚度日，一路留意寺廟的蹤跡卻遍尋不著。一問之下，才知道和尚沒飯吃都跑光了，他也是返鄉掃墓卻辦不成法事，自家墓地原本是從屬鎌倉五山建長寺的末寺，不知不覺間已人去樓空。

2 東京一極：指的是日本的資源過度集中東京所引發的問題。

「和尚出逃也是時勢所趨吧。」他笑道。他說此地自古以來寺廟就不繁盛，頂多無生野有一座寶積寺。聽說這裡不久前還是不遜於新潟縣秋山村的窮鄉僻壤，而且新潟秋山村也有一地名「上野原」，一樣有落人傳說[3]，兩地的落人說不定有親緣關係。

我知道無生野至今還保留了念佛舞[4]，是空也或一遍流派的修行者造訪此地而推廣開來的嗎？修行者多為未得官方認可之私度僧，他們下場悽慘，浪跡天涯後定居山中，在山裡建廟庵，處理亡者後事或為人占卜，受到村民鄙視。他們客死異鄉後又有其他雲遊僧入住，有時就掃掃墓，過著孤寂的生活。我在宮本常一的書中讀過這些故事，因此以為只要有荒庵破廟，我也能如法炮製，無奈一間都無。

我過十二點就寢，腦中浮現修行者錚錚鏦鏦敲鉦，發出冷寂的聲響行過山谷間。夜裡額頭受寒，輾轉難眠。我拿出彈性極佳的毛帽罩頭，這頂是向孩子借來的，初次經歷這麼寒冷的夜晚，最終還是睡了。建築工說明天可以開車送我一程到富岡，雖然我想走訪無生野，但我也計畫要去上野原站方向的仲山鑛泉走走。

3 落人傳說：落人指的是落魄的權貴或武士，他們因戰敗或政爭失敗而出逃荒郊野嶺，有些死於山野，有些定居下來形成山中的聚落，這一類的傳說就稱為落人傳說。

4 念佛舞：無生野地區的祈禱儀式，有人一邊敲打太鼓和鉦一邊舞蹈誦念「南無阿彌陀佛」。據傳起源於空也上人，目的是弘揚阿彌陀佛信仰與誦經，後來一遍上人又將念佛舞推廣給人們。

五年前，我打電話訂房卻打不通，問了公所才聽說早在三年前就歇業，此事讓我始終耿耿於懷。仲山鑛泉相去車站三、四公里，說近是近，但是在五萬分之一的地圖上，又是細流，山崖的等高線又密集，我便兀自把那裡想像成密林叢生的陰暗谷底。既然旅宿已歇業，不知是否能坐享漁利？我知道一些這類的例子，遂擬了經營鑛泉的計畫。山居生活有鑛泉的調劑也不賴，鎮日泡湯、放鬆安逸的日子，總強過於像修行者一樣入住空廟過苦日子。

隔天早上，用完早餐的建築工叫醒我，我下樓到起居間用餐，將納豆倒在飯上攪拌。起居間有巨大的下挖式暖爐，炭火熊熊燃燒，女主人和老爺爺在看電視。我初次見到老爺爺，雖想向老人家問話，但建築工的車已經在外等候，我只好匆忙離開旅宿。而媳婦在玄關前的庭院晾衣服，她正對著凍僵的雙手哈氣取暖。

昨晚西裝筆挺的建築工換上夾克後，突然很有工人樣。我從行駛的車中看到昨天的小木屋，問：「那是租屋還是待售的？這一帶的土地貴嗎？」他說他已經不太熟悉這附近，不過上野原一帶是通勤圈，計畫興建大型的集合住宅，已經不好買了，而村子這邊則形同免費。

「畢竟這裡到東京的距離，雖然和奧多摩差不多，交通卻不便得多吧。」

「你在考慮山莊生活嗎？真好啊，比起租那種小小的小木屋，不如租個農家吧，比較便宜。」他又說。但是村里的人際關係比都市更惱人，我自知我受不了。

抵達富岡，建築工與我道別。他說墓地在附近的一古澤，現在過去掃墓焚煙，待會一看就會知道了，要我辦完事去找他，他再送我去車站。我過橋進入聚落拍攝富岡的照片，卻發現初見的印象果然是錯覺，沒多久就帶著缺憾離開。不過富岡的景色比上游險峻，從橋上俯瞰山谷的景象，令人震撼。從上游徒步至下游的《山村巡禮》這樣寫道：

……從無生野繞過一彎山腰又一彎，經過一處聚落又一處，愈走河谷愈幽深，山不窮水無盡，不知幾時方能從四面環山中脫逃，念前程之迢迢，內心倉皇不已……山路上下跌宕，雙足疲累，僵硬如棒，上坡時總氣喘吁吁……

縱使書中的描寫稍嫌言過其實，道路平整的現在也不至於如此險阻，不過

渺無人煙的奧牧野

富岡到一古澤和奧牧野這一帶的景色，卻恰如書中所述。抵達奧牧野前有一個路標，標示山梨縣和神奈川縣的縣界。路標旁立了一塊苦情的看板，褪色的油漆字寫著「要不要嫁來秋山村」。看來這一帶果然也有「媳婦外流」的現象。

行至奧牧野，才發現一不小心已經過了一古澤。本想就此揮揮衣袖離開，卻不好意思沒打聲招呼就走人，折返後，才發現墓地在山丘之上，我剛剛氣喘吁吁走過上上下下的坡道，要我再登上那座山丘是強人所難，我決定打消這個念頭。遠遠只見其豆大的小紅車，不見其人，因此我對車子揮手，聊表道別之意。與其給人載一程，我更想步行。

奧牧野有一間小小的雜貨店，從中野一路看來，只有神野和這裡有兩間店家。我湊上玻璃門窺探，看到店裡在賣分趾鞋，讓我想買雙穿上走走，但思量一番又作罷，走過店門口。近來健行者的行頭五彩繽紛，顯得明亮又有活力，而我不但白髮變多，小腹也便便，不適合這種風格，才會把主意打到分趾鞋頭上，但這鞋似乎又太過了。

行過奧牧野，道路漸窄，再也不見車輛駛過。櫻井隧道是通往車站的捷徑，相比之下，這條路迂迴繞行，大概因而鮮少人取道。四下闃靜無聲，不聞任何蟲鳴鳥叫，河谷川流聲也無法企及高崖上。從地圖來看，此地到田野入之間多半沒有人家，路上不會撞見其他人，我邊走邊專注於傾聽自己的跫音。

準備下坡時，我遇見一隻大白狗。這麼說來，從昨天到現在，我沒在沿路上或聚落中見到任何人，也沒遇到鄉下常見的放養犬。大白狗沒有項圈，可能是隻野狗，我略帶戒心出聲示好，牠就湊近而來。我摸摸牠的頭，牠便仰天翻肚，做出服從的行爲。這隻公狗體型雖大，個性卻乖巧，本想放著不管，牠反倒跟了上來。過去我在鄉間小路也有類似經驗，這是第三次了，要是任牠跟在屁股後面，到時候產生感情反而難分難捨，因此我若無其事地默默前進。

走了半晌，來到稍微開闊的地方，這裡有一間大型的養雞場。養雞場大概是已經自動化，不見人影，只有放飼料的機器嗡嗡作響。走過養雞場，山坡上又見兩隻狗，牠們奔馳而來，爭執不休。我身後跟著一條狗，不希望受到牠們波及，便事不關己地加緊腳步離開現場，白狗見狀沒骨氣地夾住尾巴表示歉意，但似乎就此不再愧疚，重新跟上我。白狗在這種時候好像也會尷尬，牠側眼瞄了我。看樣子牠大概有一定年紀了，以人類來說或許是我的歲數，三兩下就對年輕小伙子舉白旗，原來狗老了也會如此悲慘。

不知道牠何以一路跟隨，我們只是靜靜地一直走，山崖愈來愈低，最終來到秋山川與支流金山川匯流之處。金山川是條細流，從櫻井隧道流淌而來，水色清澈。山居生活不用瓦斯、不用電，水卻不可或缺，只要從上游找處沒有人家的小溪畔搭間臨時小屋就能住人。然而此處的水質雖清澈，河貌卻沒有魅力可言。假設有瀑布或水潭，風景會更千姿百媚，伴著一隻不言不語的好狗同住，甚佳。

走過架在細流之上的小橋，道路一分爲二，右手邊遠遠可見秋山川沿岸的日向。我就此與昨天開始熟識的秋山川道別，登上左邊的陡坡，回到山梨縣。昨天的勞頓累積至今，已經讓我快站不住，山路無處可歇息，只能馬不停蹄地一直走一直爬坡，好不容易才抵達田野入。田野入的隧道旁有一個名爲「坂下」的公車站，行至此我直接癱坐在地。穿越隧道到上野原車站只要三公里，但我知道公車再十分鐘就會進站，遂決定改搭公車。

我在地上盤腿而坐，疲憊得茫然無神，白狗也來到我腳邊，窩成一團休息。儘管我沿途未曾對白狗說半句話，卻感覺彼此心靈似乎有相通之處，不禁擔心此地一爲別，牠要何去何從。

一輛應該是從村子開出來的公車從隧道駛來，公車的路線在此折返，到空地轉向後直接加速。我趕忙衝上前跳上車，回首看向窗外時，只見白狗錯愕的表情。公車進入沒有燈光的隧道，駛出秋山村，行過鶴島，迎面而來的是桂川遼闊的景致。橋的那一頭，是上野原車站。

我在站前卽刻轉乘計程車，儘管筋疲力盡、痛苦難耐，還是勉強自己前往仲山鑛泉。我問了司機，果不其然得知那裡已經歇業，連屋子都沒有留。我說我只是想看看而已，便坐上車，一路沿桂川行駛，橫渡桂川的支流鶴川，進入甲州街道，來到八之澤。司機停車說「原本是在這一帶」，手指著河階上的聚落。

我問：「建築物沒有了，那還有鑛泉嗎？」

司機笑道：「連鑛泉是不是眞的存在過都很可疑，只是一間普通的山間澡堂啦。」

就地圖來看，標記仲山的地方，還要沿著細流往山區走。我提出疑問後，司機便發動車，說再往山區看看。

但是細流建了新的水泥護岸，河寬也僅兩公尺，看起來就是條大水溝，而且周遭的草木都被剷除，光禿禿的黃土甚是荒涼。建築工所說的集合住宅計畫多半是在這一帶，再看也無濟於事，我大失所望。我的想像老是與現實差了一截，難道我是個愛作夢的人嗎？

我想買上野原的名產酒饅頭回家，當作給孩子的伴手禮，便請司機載我去離車站有段距離的鎭上。不過司機載我到另一間饅頭店，說最近電視節目上介紹過，頗受好評。這間店我早在二十年前就知曉，去的時候說訂單太滿，現做要等三十分鐘。

我下了單後，到舊甲州街道昔日的宿場町晃蕩，距上次前來不知是睽違幾年，晃著晃著也餓了，便走進一間拉麵店。店內又小又髒，裡面的位子坐了兩個中年男子。我坐到門口的吧台，女主人外送完回來，對吧台內的男主人說「農會說一點左右還要四碗」。這店似乎是夫妻倆一起經營，男主人一臉凝重，悶不吭聲；而女主人年約四十，相貌邋遢，似乎做過酒家女，雖然容貌與身材都不差，但蓬頭垢面的，感覺粗鄙。「我出門前去送，你快點做。」女主人聽起來是要出門的樣子，而男主人依舊悶不吭聲，小倆口似乎貌合神離，我雖沒資格說三道四，但看著感覺頗差。

女主人來到中年客人身旁，他們可能認識，她說：「我待會要去大月玩，一起來嗎？」客人笑說：「比起去大月玩，八王子更好吧，嘻嘻。」男主人充耳不聞，一副事不關己的樣子。吧台前有一部分是木板牆，我看著牆上貼的電車時刻表，女主人就到我身後，手越過我的頭指向時刻表，問：「上行還是下行？」「上行。」「上行的話下一班⋯⋯」她的臉湊近牆壁，胸部貼到我的背。

我一臉亂鬍，鞋子髒兮兮的，包包斜掛於肩，用餐時也沒有拿下來。女主人靠在吧台上打量我這一身，問：「你去了哪裡啊？」我顧忌男主人，淡淡地回：「秋山村。」女人又來到我身後：「一點三十二分上行下行都有車喔。」她還查了開往車站的公車時刻表，對我說：「我們可以搭同班公車。」我被女主人的粗鄙所感染，感覺遊興被拽回了日常，於是直截了當地回：「不用，我走路去。」女主人再度尖聲催促男主人「快點做啦」，說完就躲進裡面的門。

我出了店，領取剛出爐的酒饅頭，我來過這裡幾次，已經認得路。我信步往車站走，心想驛道附近的女人，內心何以皆如此粗鄙？我尋思，莫非厭倦生活的女人會耽溺享樂，而厭倦生活的男人卻則會萎靡不振，意欲歸隱山林嗎？

上野原的小鎮位於遠高於車站的山崖上，沿陡坡而下，十五分鐘左右就會抵達車站，不過車站正上方的山路正在整修中，我被紅旗擋住了去路。從此地可以飽覽桂川，因此我停下來環顧四周，看到公車下山而來，果然也被擋住了去路。拉麵店的女主人在車上，她的臉湊向窗戶，微微露齒看我。她擦了口紅，打理得比剛剛更整齊，但仍舊是一臉倦容。我多少受到她的影響，開始不想打道回府了，心情甚至搖擺起來，想一路隨她去大月玩。

公車下了Z字形的坡道，朝車站駛去，我暫且駐足原地，在風中眺望桂川的悠悠碧水。山崖下的車站和綿延遠方的鐵道宛如模型，右手邊是仲山鑛泉存在過的山，山的前方是鶴川併入桂川之處。鶴川受生活廢水的污染，河水呈現混濁的乳白色，桂川吃下這些水後依然碧波粼粼，靜而緩地流淌著。我看向對岸的山崖與遙遠彼方，只見這兩天走訪的秋山村山巒，在陰天中顯得虛無飄渺。

追憶旅籠

雖不至於大費周章去找，不過我出遊時常常下榻古色古香的老旅籠，這些旅宿會帶有木賃宿[1]或商人旅宿的色彩。若非觀光勝地，旅宿自然不會多到足以任君挑選，有時雖別無選擇，但是住這一類的旅宿也不算壞。

「縫補破洞的褲子，更換斗笠掛繩，針灸膝蓋，松島之月旋即浮上心頭……」

一如松尾芭蕉所述，我也有過相同經歷——出門在外時褲襠裂開，只好在灰暗的燈光下縫補，而宜孤燈宜補衣之情者，以此類旅宿爲最。

1 木賃宿：江戶時代最底層的旅宿設施，通常房客要自備食材、支付柴火費用。「木」指的是柴火，意指開火費。一般旅人住的是旅籠屋或商人宿，更下級的才是木賃宿。

「龜田屋之女」遊於昭和四十一年（一九六六）八月

時光荏苒，此事發生在二十年前。我與友人T騎摩托車前往千葉的海水浴場，日落時分，我們在千倉一帶迷失了方向，住進了某間旅籠。由於迷路而至，既不知身在何方，也不清楚旅宿之名。事後根據地圖推想，我們誤闖的可能是丸山町古川。

此地兩間旅籠隔著馬路斜斜相望，相去七、八公尺，我們兩相比較下，選了其中一間住。猶記得下榻處名爲「龜田屋」，但另一間的招牌我也張望過，待事過境遷，又覺得另一間才是龜田屋，已經兩相混淆。

既然搞不清楚，姑且稱之爲龜田屋。我站在屋簷下，探頭看向敞開的玻璃門，屋內玄關的泥土地呈L形，牆角鋪著木格板，板上放了木屐櫃，牆上掛了兩、三把油紙傘。掌櫃台從外部一覽無遺，與視線同高的木格子圍住了桌子，還擺了個長火盆，彷彿能聽見煙管的雁首敲打在上的聲音。黝黑的落地鐘、神龕和招財貓一應俱全，旅宿門前的路面打過了水，還留有竹掃把掃過的痕跡。此情此景宛如時代劇的一景，有種漫漫旅途的終點在此告終的感覺。

我們喊了兩、三次「你好」之後，一個女人掀起後方的門簾出來接客，她年約三十，很不像是會出現在鄉下簡陋旅籠之人。她的身段、表情、口氣都很拘謹，並帶著一絲哀愁，身穿樸素的白衣黑裙和圍裙，跪坐時雙膝靠攏對齊橫木，看到她的姿態，我內心受到小小的衝擊。她說時過八點無法另備晚膳，不過往前走有間壽司店可用餐。「那我們用完晚餐再來。」我和T把摩托車停在旅宿前，走去壽司店。

當時我們共騎一輛摩托車，沿途南下到內房的富津岬游泳，遊覽東京灣觀音和那古寺，行至館山時夜幕低垂，想尋覓旅宿卻遍尋不著合適的，於是想南迴至千倉，半路卻迷失了方向，分不清我們行經何方。我們在悶熱的夜裡破風前行，行駛在漆黑的田園小徑，伴隨著灌進耳中的蛙鳴合唱持續前行，騎到失去耐心時，總算出現了房舍，我們在T字路口看到壽司店的燈光、龜田屋和另一間旅宿，這才終於放下心中的大石頭。

這附近四周都在田地的包圍下，只有此處有人家，因此不算是座小鎮。兩排房屋夾著未經整備的道路相望，旅宿都是平房小屋，宛如裏長屋[2]巷弄裡的屋型。此地的旅宿竟然有兩間之多，奇哉怪哉。多數人家的防雨窗都緊閉，四

2 裏長屋：長屋是一種構造細而長的屋型，江戶時代建在巷弄中的長屋稱為「裏長屋」，門口開在大路上的長屋稱為「表長屋」。表長屋面向大路的空間可以經營店鋪，多為富裕者居住，裏長屋則是一般老百姓居住。

下悄然無聲，只有旅宿和壽司店的燈光映著道路。

我和T進入壽司店。

「這條路未免太慘烈了，受不了那些蟲啊。」

「飛蟲一直往臉上打，應該都是向光而來的吧。」

「但這是哪裡啊？千倉沒這麼寂寥吧？」

「千倉是觀光區，不是這種鄉下，半路上左轉就轉錯了。」

話雖如此，只要落腳處定了，不管身在何方我們都無所謂，因此也沒有多加確認。

壽司店沒有東京店家的那種吧台，老婦在裡面握壽司。我們座位的桌子像是加裝了桌腳的木板門，盛裝壽司的小盤塗漆剝落，還有凹凸不平的泥土地、腰板及胸的大門，一切都古老得不遜於旅籠。

吃飽後回到旅宿，我們在屋簷下拂去全身上下白花花的灰塵，走過掌櫃台，剛剛的女人帶我們到裡面的客房，被縟已經鋪好了。打掃得無微不至，寢具頗是整潔，在我們用餐的期間，澡堂的水也燒好了。整間旅宿似乎別無房客，也不見老闆一家人的身影，四下莫名寂靜。

我們睡前下了兩、三局將棋，我尋思如此的旅籠不該有如此端莊的女人存在，心中好奇不已，也想與T討論。而T似乎心有所感，平時的他會輕挑地開口問「那個女人怎樣啊」，今天卻莫名三緘其口，於是我也默不作聲。

隔天早上我們起得比較早，去洗臉台時不經意往掌櫃台方向一瞥，看到老闆一家人在用早餐。年約五十的男主人頂著一顆平頭，又矮又胖，一身樸素的灰色和服。女主人也是又矮又胖、身穿和服，他們與身穿國中水手服的女兒和小學五、六年級的兒子一起圍桌用餐。本以爲昨晚的女人和老闆是一家人，卻看她與餐桌保持一段距離，正襟危坐服侍他們。女人不發一語，頭低低地隨侍在側，此時我才發現她是女侍，如今竟然還有女侍要服侍一家子的，相當希罕。更甚者，相較於土裡土氣的一家子，女侍還更有氣質，這畫面實在奇了。

我們離開旅宿時，女人來到街上，對著騎車離去的我們揮手。回首只見她一直目送我們，直到她的人影變成一點爲止，T過彎時特地甩尾聊作回應，不過還眞沒想到，自始至終寡言內斂的女人會如此依依不捨。

我們與她幾乎沒有交談，對於她的來歷和在鄉下旅宿當差的原因都無從得知，使得我後來一直耿耿於懷。

「旅痔之女」遊於昭和四十二年（一九六七）十月

我前往橫跨青森縣和秋田縣的八幡平，進行了一趟溫泉巡禮，下榻蒸之湯時，卻在溫突小屋中「暈湯」了。溫突小屋搭建在溫泉地熱的地面上，小屋同時是旅宿的空間，就寢時直接就地鋪草席、蓋毛毯。

下榻處釋放出濃烈的硫磺味，感覺就像是在蒸氣浴待了整晚，我不斷盜汗，後來還產生輕微暈眩與嘔吐感。突如其來就體驗了如此猛烈的入浴法，導致我就這麼暈湯了，但當時我渾然不知，繼續抱恙踏上旅程。

住了角館，再住小安溫泉之後，我繼續南下朝會津前進，無奈不適感不見好轉，不得已只好在米澤下車。不管是什麼旅宿，我只想盡快尋得一間躺下。

如今我已想不起當時住的地方叫做什麼，只記得路程。從站前的路直行後遇到岔路，右轉一小段路便看到一間寒酸的旅籠，我決定在這裡歇息。這間旅宿根本簡陋到不夠格稱爲旅宿，沒想到我在玄關一問，一晚竟然要價一千四百圓。但我已無力另覓他處，因此決意下榻，老婦帶我往走廊的盡頭而去，行經紙門大開的客房，見房內有人，四目相交之下，我致意後走了過去。

房客是年約五十、一臉亂鬍的男人，以及小有異性緣的三十歲女人。他們對坐桌前，男人穿著貌似工作服的夾克，女人穿著浴衣靠在桌邊，屁股往後突出，坐沒坐相。我看到房間角落放著唐草紋樣的風呂敷大包巾，猜測他們是行腳商夫妻。

被帶到裡面的房間後，我馬上應聲倒在榻榻米上。不知這位老婦是女主人或女侍，她說若我身體微恙，可以拿點藥來給我。我還沒發現自己暈湯，以為只是暈車，說聲沒關係就婉拒了她。老婦替我沏茶時，寒暄了一句：「今年滑菇生意不錯吧？」聽說最近很多滑菇小販入住，她可能誤以爲我也是同行。

我衣服沒換就躺下，本想小睡一會兒，但窗外孩子的嘻鬧聲太嘈雜，甚至讓整間屋子咚咚咚震動，我實在不得安寧。我打開窗，看到外面巷子有座小廣場，他們靠在防雨窗的收納處玩跳馬遊戲，同時也跳繩、打陀螺，如此樸質的遊戲讓我很是緬懷，看了好半晌。此時突然覺得，下榻這種老街區的貧窮旅宿別有趣味。不過我還是禁不起吵鬧，看了半晌後猛然開罵，將他們驅之別院。

老婦在晚餐前通知說洗澡水已經燒好了。去角館和小安溫泉時我都沒有入浴，雖然當時沒有察覺到自己暈湯，但或許生理上排斥，使我無意泡湯。結果老婦說我是第一個用澡堂的，害我又想洗了。

我拎著手巾，再次經過行腳商夫妻房前，看到女人躺在兩塊並排的座墊上，而男人把收據排在桌上，寫了些筆記。得以搶先用澡堂讓我有些心虛，不過我的住宿費如此昂貴，代表我可能是比較重要的房客。老婦敲詐了我一筆之後於心有愧，對待我莫名殷勤，她在澡堂前稍停一下說：「他們不是夫妻。」並露出猥瑣的笑容想要討好我，接著她又壓低嗓子：「他們固定住這裡，才會搞在一起。」我泡在澡堂的浴池裡，不管男人如何，只是天馬行空地想女方或許有夫也有子。

澡堂的木板沖澡區很寬敞，角落放著洗衣機和水桶。儘管澡堂髒亂，浴池卻是藍色塑膠製的，牆上寫著「全鎮最早使用這個清潔浴缸之地」，口吻甚是得意。塑膠浴缸如今隨處可見，但當時我還是初次使用，甚感稀奇。

過了一會兒，老婦擅闖入內取水桶，她臉上又堆出猥瑣的笑容，說那個女人這兩、三天長了痔瘡，動彈不得只能躺著。「男方會去附近買藥，也會照顧她，不過那女人真是遭天譴了啊。」她一味責備女方。我聽完總覺得痔瘡女不太衛生，我很慶幸自己先進了澡堂。

我在昭和四十二年十月底下榻這間旅籠，後來恢復了精神，便前往奧會津的湯野上溫泉、岩瀨湯本和二岐溫泉。若干年後，我以當時的「旅痔之女」爲題，構思一篇漫畫故事，不過我覺得題材太下流，始終沒畫出來。

「壽惠比樓旅館」遊於昭和四十二年四月

昭和四十年（一九六五）九月底，白土三平[3]先生、經紀人岩崎先生和我出差逗留千葉縣大多喜町，在旅宿「壽惠比樓」下榻半個月。期間我完成了一部短篇，白土先生只提出了構思。白土先生經常爲了構思故事下榻此處，連機車都寄放於此，工作之餘會去附近釣魚。

壽惠比樓位於郊區，在夷隅川的橋邊，主要房客是商人或工程相關的客人，也是間古老的商人旅宿。男主人在某處當差，由年約三十的女主人、其年約十七、八歲的妹妹和老婦（男主人之母）負責操辦房務。不過老婦總是在掌櫃台的長火盆前抽煙管，無所事事。女主人體型微胖，開朗好相處，妹妹阿和從家鄉過來幫忙，生得白白淨淨、楚楚可憐，也是個開朗的姑娘。老婦頭髮像男人

3 白土三平（一九三二～二〇二一）：知名劇畫漫畫家，也是實驗漫畫雜誌《GARO》的創刊元老，代表作品有《忍者武藝帳》、《神威傳》等。

千葉縣大多喜町「壽惠比樓旅館」（攝於昭和 47 年）

一樣短，男主人不常在家，我只簡單打過照面，沒留下什麼印象。

白土先生與這一家人交情匪淺，我們一起下榻的時候，他會被叫去喝茶，住宿費雖不含午餐，我們卻不時會受到招待。我和岩崎先生也會大搖大擺到樓下的掌櫃台，與女主人、阿和東聊西扯，或者就地躺下吞雲吐霧，過得自得自適。

旅宿隔壁是小湊鐵道的公車車庫，同時也是車掌的宿舍，入夜後宿舍窗戶會整片亮起，聽得到年輕車掌小姐的喧鬧聲。壽惠比樓與宿舍的窗戶相去不遠，她們的對話都會從開放的窗戶傳過來。不知她們是不是注意到我們三個男人才扯開嗓門講話，但嗓門一大，口氣就會戲劇化，再加上肢體語言的喜怒哀樂，我們彷彿在看一齣戲，看得不亦樂乎。

我很羡慕白土先生可以固定住壽惠比樓，未來我若是飛黃騰達，也想找間固定的旅宿。

由於當時留下了好印象，兩年後，我又重訪壽惠比樓。此番是友人T駕車，我們在內房的長浦住一宿，隔天遊覽房總南端的洲崎和白濱，晚上六點抵達壽惠比樓。

我將伴手禮交給女主人，說我剛剛才見到白土先生，她問：「許久沒見白土先生了，他好嗎？」當時白土先生在內房的上總湊租屋當工作室，我只是順道去拜訪他。此時一旁的老婦說：

「唉呀，大鬍子在湊的話，他老婆也一起吧。」

白土先生總是任由頭髮與鬍鬚生長，相貌好比印度的行者，不過漫畫界的巨擘在常人眼裡就是個「大鬍子」，想來眞是莞爾。

此時旅宿已經客滿，隔壁客運公司一大群的車掌小姐都住了進來。二樓似乎也住了一、兩個一般房客，她們好不容易才騰出空位，讓我們入住一樓的陰暗房間，而女主人的妹妹阿和就被趕去了被縟房。

照阿和所言，這裡常常會有大批車掌入住，若有數十輛團體包車需要同時出發，就會讓車掌小姐集中一處待命，若是宿舍住不下，就會來住旅宿。

年輕姑娘的喧鬧雖並不至於使我們生厭，但澡堂與廁所恰好在修繕中，廁所前的走廊暫時變成臨時的更衣場，我如廁時有三、四名車掌小姐正好入內脫衣，讓我小爲驚慌。

車掌小姐都用完澡堂後，我和T也入浴，雖說是跟在年輕姑娘之後，臨時的小澡堂裡的水還是很髒，泡起來頗噁心。與白土先生入住時，使用的浴缸是鐵製的五右衛門[4]，質感甚佳。所謂的修繕中，或許是要貼上乏味的磁磚了吧。

就寢時，阿和來鋪被，我穿著棉襖就躺下，她看了說：「穿著棉襖睡好難受啊。」我懂傷心的「難受」，但是把穿厚衣造成輾轉難眠的情況也說成「難受」，實在有意思。可愛的阿和若談了戀愛，會用什麼詞彙描述自己惆悵的感受呢？

十點左右，不勝酒力的T睡下，而我輾轉難眠，愣愣地凝視小蛾繞著昏暗小燈泡打轉，飛來飛去。看著看著，無緣無故就嘆起氣來，內心頗爲惆悵。隔

4 五右衛門：置放在爐灶上的圓桶狀浴盆，下方可以直接燒柴加熱，為了避免入浴時燒傷，入浴前要把浮在水面的木板往下踩，此板名為底板。據說安土桃山時代的盜賊石川五右衛門是被丟進此種釜中處刑，因此得名。

壁房的車掌小姐一直在交談，對話聲一直穿透隔屏傳來，一位名爲後藤的少女多半是新人，前輩似乎在教訓她。後藤小姐辯解幾句後，有人說「唉，也沒辦法啊，這種時候什麼都要忍」，年輕姑娘的世界也不容易啊。

隔天，一早就要出發的車掌小姐在五點左右離開。她們出發的騷動吵醒了我，看T還在睡，我穿著棉襖獨自外出，走到附近河邊的橋上。霧雨從昨晚就下不停，我望向這煙雨濛濛的景色，思及匆忙出發的車掌小姐和忙進忙出的服務人員，不禁感嘆，人人都認眞在生活。反觀我自己，只有我不容於生活、見棄於生活，這讓我甚是孤寂。

◈◈◈

撰寫本文時，我把過往曾住過的旅籠全都細數了一輪，儘管掛一總有漏萬，卻發現實際數量比我以爲的多。

追憶大多喜，除了壽惠比樓，我在昭和四十八年（一九七三）還住了一間名爲「大屋」的旅籠。大屋是比壽惠比樓更正式的旅籠，據說保留了明治或江戶時期的面貌，服務態度也不差。大抵來說，商人旅宿都會比觀光旅館好親近、好融入。

話說回來，在會津中三依下榻「大黑屋」的時候，男女主人一大早就爆發激烈口角，我睡都睡不著，內心充滿困惑，但在觀光旅館那些根本不可能有這樣的體驗。

追憶秋田縣和青森縣，我分別在五能線的八森和鰺之澤留宿過，但這兩間的旅宿名稱我都想不起來了。我不會逐一記錄宿名，因此即便當下記得，也會不知不覺拋諸腦後。鰺之澤的旅宿甚是破敗，連招牌都無，旅宿主人的小孩直接端了味噌湯鍋來，杓子掉在走廊也不洗。這生活感太濃烈，我無法接受，不過事後回想，此間留給我的印象也不差。

追憶奈良，我爲了省住宿費而避開所有觀光旅館，東奔西走尋覓廉價旅宿，最終尋得一間貌似旅籠的旅宿。我被帶到二樓的客房，想不到在嚴寒冬日裡，房內竟寒森森，連暖爐、暖爐桌或座墊都無，我對此表達了不滿，對方卻一副要我滾的態度，我趕緊落荒而逃。這彷彿是間強制磨練身心的旅宿，說不定前來奈良做學術調查的學者與學生都很熟悉，搞不好是一間知名的廉價旅宿。我

千葉縣大多喜町「大屋」（攝於昭和 48 年）

會津中三依「大黑屋」（攝於昭和 46 年）

當時與太太同行，我們大概被視爲走錯地方的情侶了吧。雖然當下心有不甘，但這種風格迥異的旅宿確實耐人尋味。

鎌倉長谷寺門前的「對僊閣」雖位於觀光勝地，卻深得旅籠之精髓，保留著明治時代的格局，現在仍持續營業。玄關那座大時鐘比我更高大，電話室也維持古早的面貌。這間旅宿的生意看來不甚佳，原因可能出在鎌倉的觀光旅館爲數衆多，我入住時（昭和六十一年〔一九八六〕六月）全宿也別無房客。這間感覺不賴的旅宿很得我心，不過只附早餐不供晚餐，有些可惜。

當時一位拘謹內斂的中年女主人（或是女侍？）託我簽繪，說在房客表看到我的名字，馬上去買了簽名板和筆來。我聽了很意外，沒想到這種地方有人認得我的姓名。我無法在人前大筆一揮就作畫，於是只簽了名請她見諒。

雖說列舉一些名字被我遺忘的旅宿沒什麼幫助，不過我還下榻過宮城縣的鹽釜、山形縣的朝日町、福島縣的三春和四倉。也住過長野縣的麻績、靜岡縣伊那谷的水窪、滋賀縣的八日市町、岡山縣的下津井和九州的平戶。

除此之外，我還住過幾間前身爲旅籠的旅宿，那些地方已經沒什麼旅籠色彩，包括下北半島的田名部、長野縣的伊那市和高遠、九州的國東半島和姫島，

鎌倉長谷寺門前「對僊閣」（攝於昭和 61 年）

栃木縣「手束旅館」（攝於昭和 50 年）

群馬縣湯宿溫泉「常盤屋」（攝於昭和 43 年）

長野縣秋葉街道遠山鄉上村宿「四目屋」（攝於昭和 48 年）

長野縣會田宿「布袋屋」（攝於昭和 46 年）

會津只見町大倉「坂田屋」（攝於昭和 46 年）

而且旅宿名稱皆已不復記憶。我在四國遍路、小豆島遍路、九州篠栗遍路時應該也留宿過，不過都想不起來了。

我記得名字的有栃木市的手束旅館、奈良井的油屋、瀨戶內海六島的三宅旅館、群馬縣萬場的今井屋、秩父大瀧的妙法館、千葉縣大原町的旭洋館和九州小倉的新月旅館等等。群馬縣湯宿溫泉的常盤屋是溫泉旅宿，同時也是三國街道的宿場，因此屋型是旅籠，「旅人御宿」的招牌也留著。

逐一列舉眞的會沒完沒了，以上的旅宿名稱碰巧是因爲留有收據、照片或筆記，才勉強從記憶深處挖了出來，儘管如此，記憶只會愈來愈模糊。

細數下來，發現我獨自外宿的情況少得意外，如今想來有些遺憾。若能孤身在連電視都無的房內無所事事，更能沉浸在旅籠的氣氛與遊子之情中……

※本文撰於昭和六十二、三年（一九八七、八），當時不甚滿意，藏而未公開。

六

關於旅行年譜

一如以下年譜所述，我是從昭和四十一年（一九六六）開始愛上旅遊，在此之前，我對旅遊漠不關心，原因在於我一貧如洗，無暇顧及日常生活以外之事。

昭和三十三年左右，我不知爲何獨自去了黑部旅行，在昭和三十四、五年去了北陸的片山津和山中溫泉，這幾趟都只是興之所至，當時沒怎麼把旅遊放在心上。

雖然我在這份旅行年譜中，寫自己是從昭和四十一年開始著迷旅遊，原以爲遊歷甚廣，但一經整理，才意外發現次數沒有想像多。這二十五年間，前十年間的出遊頻率雖高，後十五年間卻有四年空窗，之後的次數便驟然減少，每年只剩兩、三次，所以精算之後才發現落差。

前十年之所以頻率高、去的地方也多，原因在於活動力高，一趟旅遊規畫的日程也長；後十五年則由於年紀到了，東奔西走成爲煎熬，導致我的旅遊紀錄集中在開頭的十年。

那十年間的旅遊常常有賴友人駕車，有車還能野宿於外，相當方便。然而隨著汽車的急速普及，道路變得四通八達，景觀也改頭換面，到處都是人潮，於是我漸漸排斥汽車，也深深反省起自己以車爲便的想法。

如今我會盡我所能以步代車，但徒步可及的範圍較小，使得年譜也冷清了。反正我不是什麼旅遊專家，一味追求紀錄也沒有意義，而且我發現漫步會留下更濃烈的旅遊趣味，比起大範圍走南闖北，往後我更想要細細品味這種小旅行。

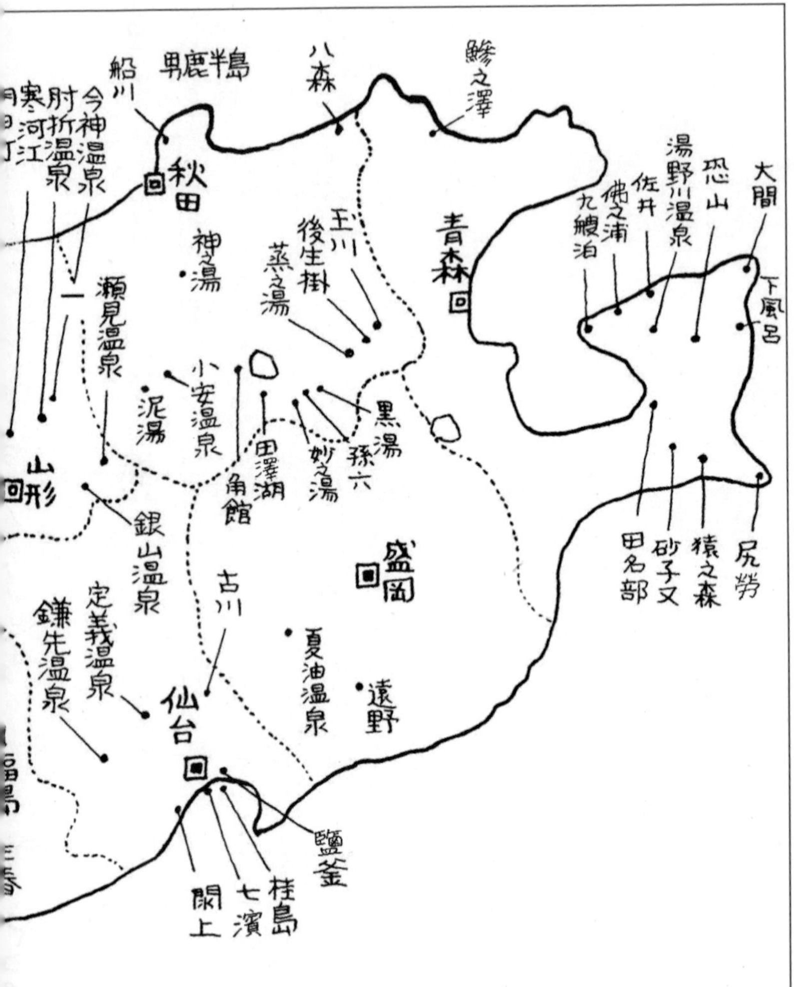
船川
男鹿半島
八森
鰺之澤
今神温泉
肘折温泉
寒河江
秋田
神之湯
瀬見温泉
泥湯
小安温泉
玉川
後生掛
蒸之湯
青森
九艘泊
佛之浦
佐井
湯野川温泉
恐山
大間
下風呂
黒湯
孫六
妙之湯
田澤湖
角館
山形
銀山温泉
盛岡
田名部
砂子又
猿之森
尻労
古川
夏油温泉
遠野
定義温泉
鎌先温泉
仙台
鹽釜
閖上
七濱
桂島

柘植義春 旅行地圖

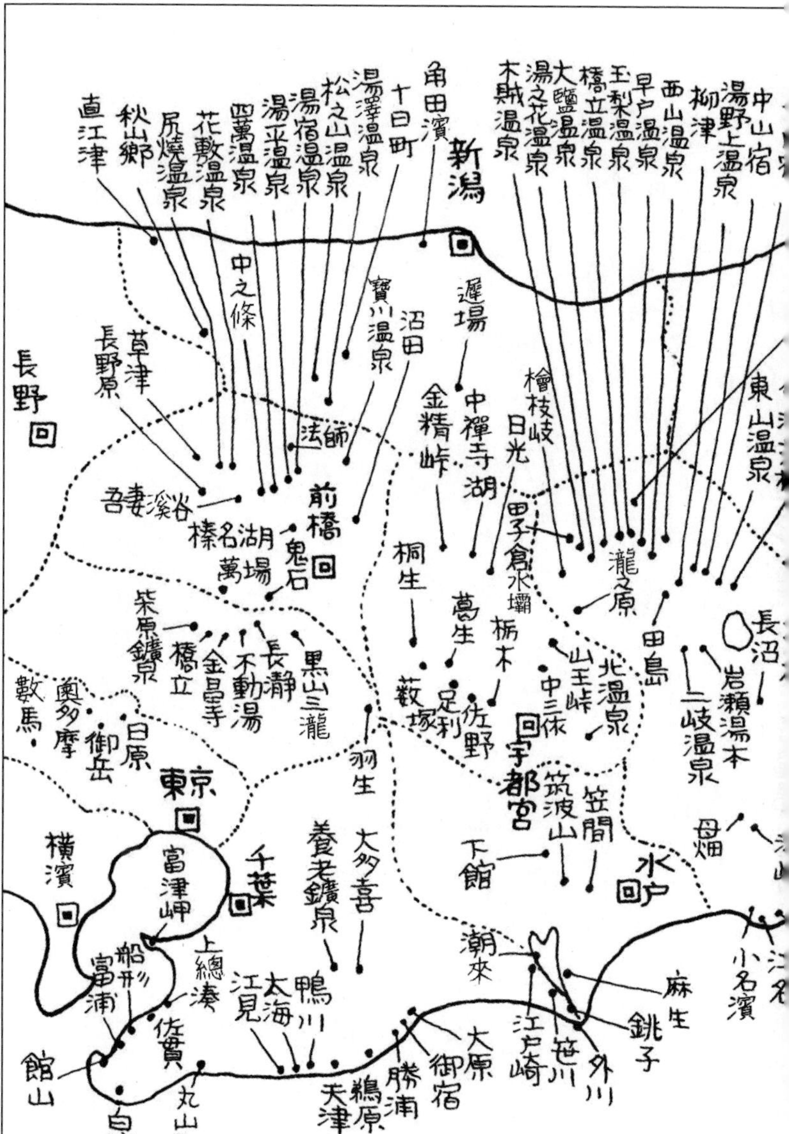

中山宿
湯野上温泉
柳津
西山温泉
早戸温泉
玉梨温泉
橋立温泉
大鹽温泉
湯之花温泉
木賊温泉
新潟
角田濱
十日町
湯澤温泉
松之山温泉
湯宿温泉
湯平温泉
四萬温泉
花敷温泉
尻燒温泉
秋山郷
直江津
長野
草津
長野原
中之條
寶川温泉
沼田
法師
吾妻溪谷
前橋
榛名湖
鬼石
萬場
金精峠
中禪寺湖
日光
檜枝岐
東山温泉
田子倉水壩
瀧之原
田島
長沼
岩瀬湯本
二岐温泉
桐生
葛生
栃木
山王峠
北温泉
中三依
足利
佐野
宇都宮
藪塚
柴原鑛泉
橋立
金昌寺
不動湯
長瀞
黒山三瀧
數馬
奥多摩
御岳
日原
東京
羽生
筑波山
笠間
水戶
母畑
下館
養老鑛泉
大多喜
千葉
橫濱
富津岬
船形
富浦
上總湊
館山
佐貫
白濱
丸山町
江見
太海
鴨川
天津
鵜原
勝浦
御宿
大原
潮來
江戸崎
笹川
外川
銚子
麻生
小名濱

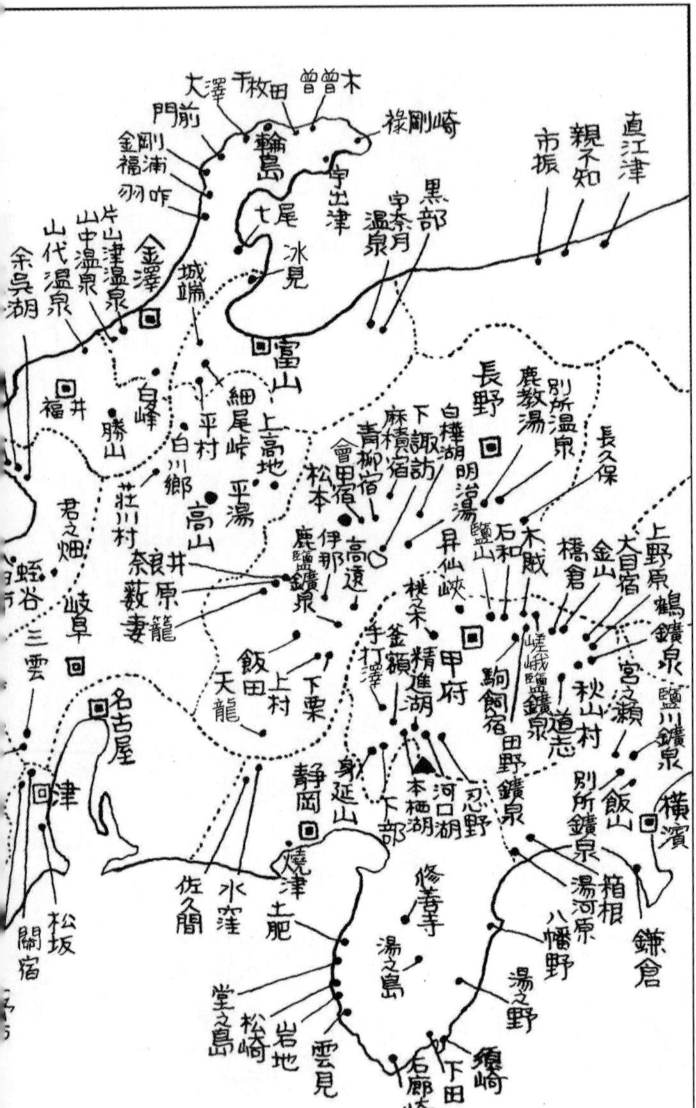
木曽
曽々木
千枚田
大澤
門前
輪島
禄剛崎
金剛
福浦
羽咋
宇出津
七尾
直江津
親不知
市振
黒部
宇奈月温泉
片山津温泉
山中温泉
山代温泉
余呉湖
金澤
城端
冰見
富山
福井
勝山
白峰
平村
細尾峠
上高地
白川郷
荘川村
高山
平湯
長野
鹿教湯
別所温泉
長久保
白樺湖
下諏訪
麻績宿
青柳宿
會田宿
松本
明治湯
鹽山
石和
木賊
昇仙峡
伊那
高遠
鹿鹽鑛泉
奈良井
藪原
妻籠
君之畑
蛭谷
岐阜
三雲
飯田
上村
下栗
天龍
桃之木
手打澤
釜額
精進湖
甲府
駒飼宿
嵯峨鹽鑛泉
道志
秋山村
宮之瀬
橋倉
金山
大目宿
上野原
鶴鑛泉
鹽川鑛泉
田野鑛泉
名古屋
津
松坂
關宿
身延山
下部
本栖湖
河口湖
忍野
飯山
別所鑛泉
横濱
靜岡
燒津
佐久間
水窪
土肥
修善寺
湯之島
箱根
湯河原
八幡野
湯之野
鎌倉
堂之島
松崎
岩地
雲見
石廊崎
下田
須崎

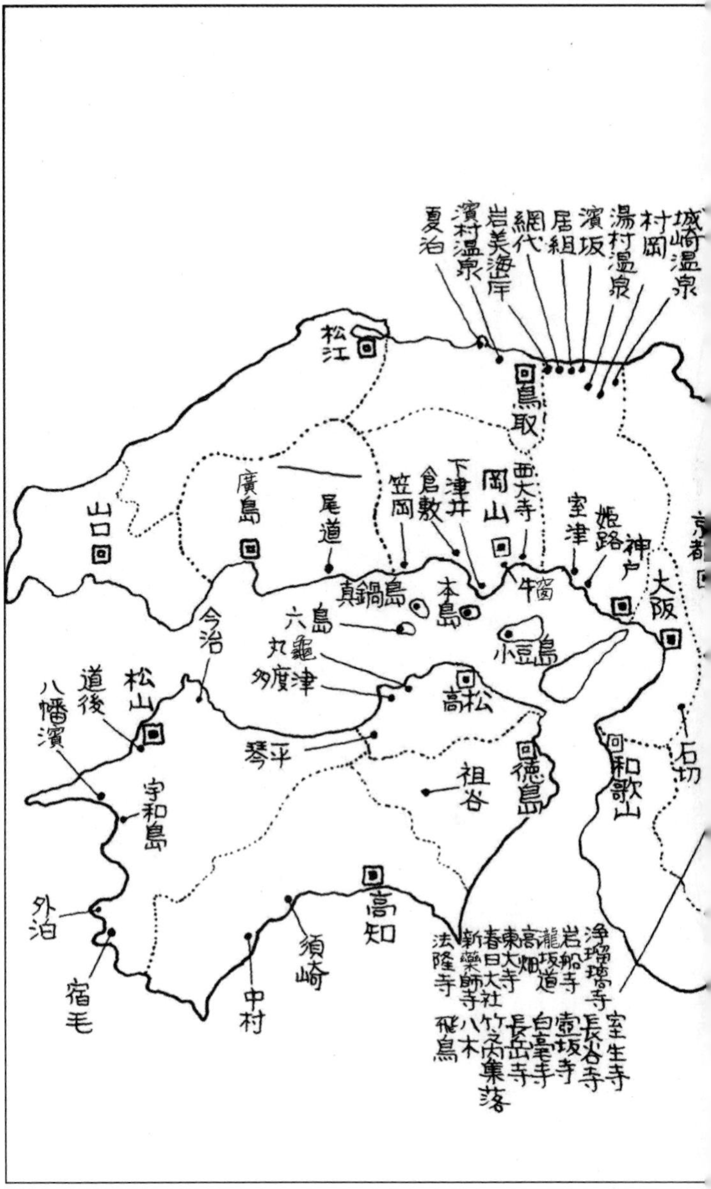
城崎温泉
村岡
湯村温泉
濱坂
居組
網代
岩美海岸
濱村温泉
夏泊
松江
鳥取
西大寺
岡山
下津井
倉敷
笠岡
尾道
廣島
山口
室津
姬路
神戸
大阪
牛窗
本島
真鍋島
六島
丸龜
多度津
小豆島
高松
今治
松山
道後
八幡濱
琴平
徳島
祖谷
和歌山
石切
宇和島
外泊
宿毛
中村
須崎
高知
淨瑠璃寺
岩船寺
瀧坂道
高畑
東大寺
春日大社
新藥師寺
法隆寺
室生寺
長谷寺
壺坂寺
白毫寺
長岳寺
竹之內集落
八木
飛鳥

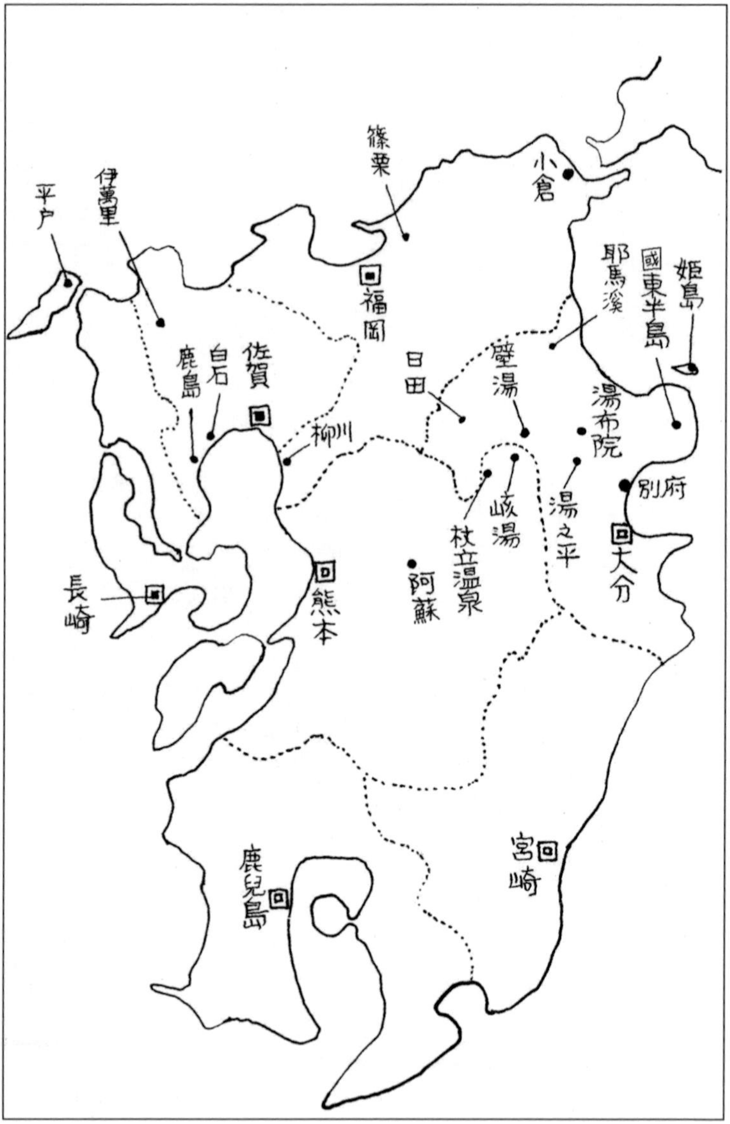
篠栗
小倉
伊萬里
平戸
耶馬溪
國東半島
姫島
福岡
日田
壁湯
佐賀
白石
鹿島
湯布院
柳川
別府
湯之平
岐湯
杖立温泉
大分
長崎
熊本
阿蘇
宮崎
鹿兒島

旅行年譜

昭和四十一年（一九六六）

八月【東京】

偕友人T飄然而至東京祕境——檜原村的數馬。下榻茅草屋的山間宿旅「山崎屋」。

山林溪谷、荒郊山村與樸實的旅宿，雖是兩天一夜的小旅行，卻因初來乍到，一切都格外新鮮而感動。後來的經驗，都不曾勝過當時體會到的旅遊之情。我似乎就此開了竅，後來更對旅遊走火入魔。

八月【神奈川】

友人T買了一輛輕型老爺車，我們兩個窮人計畫開車進行野宿之旅，在車上堆放了鍋碗糧食，駛向三浦半島。汽車行至浦賀時故障，便在港口野宿。我們一下借用附近澡堂的廚房煮飯，一下請漁夫做生魚片給我們，體會到旅遊的人情味之後，我更加喜歡旅遊。

八月【千葉】

共乘友人T的摩托車，前往千葉的海水浴場。在富津岬游泳，遊覽佐貫的東京灣觀音。見了那古船形觀音後，從館山前往千倉時，在路上迷失了方向，下榻旅籠龜田屋。那裡就像一座蕭條的宿場，我印象深刻，從此愛上了宿場與旅籠。

遊覽鯛之浦，走訪太海、御宿和大原。

八月【埼玉】

這個時期仗著單身可以隨心所欲，與T前往三鷹、立川與所澤一帶尋訪舊書店，接著去五日市、相模湖、丹澤的大山和蓑毛等等，稱不上是旅行，只是在近郊晃蕩。

接著興之所至來到秩父，於浦山溪谷野宿。遊覽橋立觀音、鐘乳洞、秩父札所[1]金昌寺的石佛群、長瀞、黑山三瀧等等。

九月【石川・岐阜・長野】

T以四萬圓入手一台破車，我們漫無目的駕車出遊，來到日本海的直江津，於親不知野宿。這是個寂寥的宿場，因松尾芭蕉的俳句「遊女同住屋簷下，我倆如同萩與月」而聞名。逛了一下市振，呼嘯駛過北陸路，從冰見進入能登半島。看了海邊零星的貧村，從宇出津橫跨半島，於曾曾木的岩倉寺住兩晚。

走訪半島北端的祿剛崎，以及因御陣乘太鼓[2]而聞名的名舟海邊、千枚田，從輪島一路遊覽到偏僻的大澤。於門前町參拜總持寺，遊覽名勝能登金剛。福浦港之僻，甚佳。

從羽咋到河北潟、津幡，翻越俱利伽羅峠，從石動到福光，於城端野宿。自城端翻越細尾峠到白川鄉的平村，此路崎嶇難行。參觀白川鄉的合掌村和囚

1 札所：供奉觀音的三十四間寺廟，又稱「秩父三十四箇所」。

2 御陣乘太鼓：名舟的傳統民俗，相傳一五七七年上杉謙信軍要攻入名舟時，當地人戴上鬼面具敲打太鼓，嚇跑了上杉軍，到後來形成現在的御陣乘太鼓。

徒小屋，於御母衣水壩小憩。到莊川村時日落，取道白川街道，翻越小鳥峠，抵達高山，此路險惡，令人厭煩。於高山住一宿。

隔天朝松本前進，在抵達平湯前遇到土石流，折返高山，從國府町沿著藏柱川、高原川抵達平湯。從這裡翻越險峻的安房峠，在坡陡的釜隧道中推車前行，遊覽上高地。上高地太俗氣，索然無味。雖有中之湯、坂卷與白骨等溫泉，阮囊卻羞澀，於奈川渡野宿。梓川的崖道蔚爲壯觀。我們不遊松本，翻越鹽尻峠，行過下諏訪，奔馳在甲州街道上，於小淵澤一帶的鄉間野宿。隔天至甲府的昇仙峽一遊，並踏上歸途。

昭和四十二年（一九六七）

三月【埼玉・群馬】

搭T的車出發，計畫去秩父三峰神社看御師聚落。因三峰山上降雪無法登山，所以看了二瀨水壩，朝中津溪谷上游的中雙里前進，半路因豪雨而作罷。

當時的中雙里與更上游的金山都被稱爲祕境，山谷與道路不分，險峻難行。接著回大瀧，下榻妙法館。

隔天，遊覽金昌寺和寄居的少林寺五百羅漢，翻過山頭前往萬場。萬場是寂寥的宿場，甚佳，於今井屋住一晚。繼續沿著神流川，途經鬼石的八鹽鑛泉，來到藤岡，從伊勢崎前往藪塚鑛泉。

四月【千葉】

與T於內房的長浦住一晚。造訪上總湊白土三平先生的山莊。從館山遊覽房總半島南端的野島崎、白濱。去外房的太海一遊，下榻大多喜的商人旅宿「壽惠比樓」。壽惠比樓是白土三平先生固定入住的旅宿，昭和四十年曾與他在此逗留半個月。

五月【埼玉】

帶領水木茂先生與三名助手，參訪秩父四番札所金昌寺，同時遊覽了浦山溪谷，但此時的事幾乎全不復記憶。

八月【靜岡】

此時的西伊豆雖尚有祕境之稱，實則並不然，不過交通不便，家用汽車尚未普及，也沒有現在的旅遊熱，因此可謂愜意。

從三島入伊豆半島，遊覽修善寺溫泉，在湯之島住一晚。湯之島因川端康成而聞名，我則是因爲讀了梶井基次郎而想一訪。接著沒有翻越天城峠，而是橫貫土肥峠，來到西伊豆海岸，行至堂之島、宇久須、岩地、雲見等地，留宿松崎。此行也遊覽石廊崎、下田，回程下榻伊東附近的八幡野。八幡野最爲偏僻，甚佳。

十月【東北】

在以前的旅遊書上，看到東北地方溫泉療養地的照片，那情景過於悲慘寒酸，使我大爲衝擊，感覺內心深處受到某種震盪，心亂如麻，我帶著騷動不安的心情出遊。

在八幡平的蒸之湯，住進如馬廄般簡陋的旅宿，自己既像是淪爲乞丐，也像是見棄於世，於是感受到很深層的安心感。此後我開始著迷於陋宿，直到多年後，才理解這與自我否定相通，具有讓自己得以解放的意涵。我在蒸之湯暈湯，於是取消原本去黑湯、泥湯的計畫，下榻角館、小安溫泉、米澤。身體稍微恢復後，造訪會津的湯野上、岩瀨湯本、二岐溫泉。

搭公車從湯野上前往岩瀨湯本，窗外可見鶴沼川沿岸的懸崖上，有一群如家畜小屋般悲慘的房舍，五、六戶房舍都在淋雨，我看著內心產生一股衝動，想抱住那些破房子摩娑，想在門口的泥濘打滾。何以產生如此強烈的衝動？我也不明白。

岩瀨湯本是個時間靜止在江戶或明治時代的溫泉療養地，我深受感動。我應該是從此時開始喜愛溫泉，不過入浴不是我的目的，下榻破宿，仿擬自己的凋零，把自己當作無可救藥的渣滓，或許才是我的目的。

十二月【千葉】

即將獨自迎接孤獨的正月，我決定出遊散心。拜訪內房上總湊的白土三平先生後，下榻外房太海。當時太海是偏僻的漁村，外房第一的好地方。

昭和四十三年（一九六八）

二月【群馬・長野】

與其說湯宿溫泉是溫泉療養地，它更像被遺忘的宿場，殘留著往日宿場的影子，其寂寥別具一番風味，讓我對於溫泉療養地或寂寥事物的著迷愈發強烈。於新潟的十日町住一晚後，下榻信州麻績宿。回程經過松本，遊覽下諏訪。

六月【千葉】

買了正式的相機，前往外房的大原試拍，下榻國民宿舍一晚。從浪花走訪御宿海邊的小漁村。

夏【群馬・新潟・長野】

隨友人T驅車出遊，造訪新潟的祕境秋山鄉。從鈴木牧之《秋山記行》的插畫中，看到無異於乞討的鄉村生活，讓我一直想生於那個時代。

於屋敷溫泉住一晚，行經松之山溫泉，遊覽大島村、安塚町一帶的農村風景。從飯山市走訪湯田中、草津溫泉，在花敷溫泉下榻若山牧水[3]住過的旅宿，也泡了尻燒溫泉。隔天去吾妻溪谷一遊，走訪幾個榛名山腳的貧村，遊覽榛名湖、榛名神社。

九月【九州】

前往九州準備人間蒸發，但意志不堅，於三重縣松阪住一晚。在九州的小倉、湯布院、湯平、杖立溫泉且住且走。回程於名古屋住一晚，印象中還住了靜岡縣的清水市，但已不復記憶。

昭和四十四年（一九六九）

一月【群馬】

應《朝日畫報》的採訪之邀出遊，偕同記者與攝影師，三人共赴湯宿溫泉、

3 若山牧水（一八八五～一九二八）：日本近代著名歌人，受自然主義影響，留下許多以旅行、飲酒為題的短歌。

法師溫泉和越後湯澤溫泉。

五月【東北】

原計畫周遊秋田的男鹿半島，行至船川時改變心意，下榻五能線的八森、鰺之澤。行經青森、盛剛，造訪黑湯、蟹場、孫六。

回程來到仙台，宿於鹽釜，搭船至桂島。順道下榻七之濱，南下入住福島縣的四倉。

五月【長野】

與水木製作公司一行人漫遊蓼科高原。下榻明治湯，行至中山道長久保，抵達上田，走訪田澤溫泉附近看修那羅的石佛，但因爲豪雨敗興而歸。印象中還繞去了松本，但已不復記憶。

六月【千葉】

偕同當時尚未交往的「現任太太」，遊歷內房的富津岬與外房的太海。路上我的腳被毒蟲叮咬，在鴨川、大原奔走尋醫。

八月【九州・山陽】

重遊前年蒸發九州的旅程，從大阪搭渡輪到別府，巡遊湯平溫泉、耶馬溪、小倉。回程造訪山陽的倉敷、尾道，下榻下津井，船行本島住一晚，再順道船行四國，在丸龜、多度津徘徊遊走。

八月【東北】

偕交往中的太太巡遊岩手縣的夏油、宮城的定義、栃木的北溫泉與溫泉療養地。這段時間也與水木茂先生去了北溫泉，但是已想不起日期。前幾年或這一年也曾與水木先生同行，前往群馬縣寶川溫泉、日光華嚴瀧。

八月【東北】

前述旅遊的兩天過後，我應《朝日畫報》之邀出差，再次巡遊溫泉療養地，經過這次機會，斷斷續續又進行了幾次《朝日畫報》的差旅。

造訪夏油、蒸之湯、玉川、瀨見、今神溫泉，在今神下榻如寮舍般簡陋的旅宿，令我感到安寧自適，心情近似於住進蒸之湯的溫突小屋。

十月【千葉】

爲了拍照取材，前往外房的太海停留三天。就地構思漫畫靈感，過了幾天愜意的日子。

昭和四十五年（一九七〇）

一月【京都・奈良】

受水木茂先生的取材之託，前往京都拍攝老房子，在當地信步兩日。順道前往奈良住兩晚，遊覽淨瑠璃寺、長岳寺、壺坂寺、柳生街道、八木的老街區等等。

此行也來到琵琶湖北岸，造訪余吳湖附近的貧村，以及集福寺和橫波。原欲從木之本入山，走訪菅並、鷲見、奧川並等偏鄉，卻遇上大雪而作罷。這個時期我對窮鄉僻壤產生興趣，嚮往新潟縣的祕境——三面，可惜無緣一訪。

二月【滋賀・福井・石川】

《朝日畫報》的差旅見聞。滋賀縣的僻壤君之畑是木地師[4]的起源地，我對民俗學方面頗有興趣，好奇山人（山間遊民、獵人、木地師）的生活面貌，因此來訪。

順便繞道北陸，到福井縣的勝山和山代溫泉一遊，此行也遊覽金澤，走訪白山山腳暴雪中的白峰村。往日的白峰村是知名的叫化村，山人與叫化的生活都遠離於一般社會之外，讓我深深著迷。

此番也去了石川縣的冰見與富山市。

四月【四國】

藉著《朝日畫報》的差旅之便，踏上嚮往已久的四國遍路。四國對於遍路者而言是「死國」，許多巡禮者直接橫死路邊，一生無法返鄉。然而聽說由於

4 木地師：使用轆轤製作木碗、木盆、木介子等物的木工匠。

布施和善根宿的存在，遍路者勉強能有一餐沒一餐，繼續旅行。如果現在依然可行，我想在四國靈場捨棄自己，成爲乞丐。

搭著攝影師的車，繞行了四國遍路三分之一左右的路程。途中繞去西祖谷山村、西海町的外泊、八幡濱、道後溫泉、琴平、今治等地，全程共九天。

五月【會津】

三年前深受岩瀨湯本和二岐溫泉感動，與友人T舊地重遊。本欲走訪三年前鶴沼川的懸崖，尋找如家畜小屋的聚落，卻遍尋不著。

順道造訪最近才被世人關注、依然是江戶時代模樣的大內宿，並前往只見川，走訪橋立溫泉、玉梨溫泉。參觀只見川的田子倉水壩，去南會津的木賊溫泉、湯之花溫泉一遊。回程上，遊覽會津西街道的宿場，橫川與中三依。

八月【瀨戶內・山陰】

從大阪搭夜間船班到四國的今治，在途中改變心意，轉去尾道。遊覽尾道之後，從笠岡搭船至眞鍋島住一晚，又在六島住一晚；六島是一輛車都沒有的小島。

回笠岡，繞行鳥取。走訪夏泊漁村，下榻濱村溫泉。前往岩美町的浦富海岸、網代漁村、居組、諸寄、濱坂等偏僻海岸遊覽。這是我與太太的兩人之旅。

九月【下北半島】

《朝日畫報》的差旅見聞。幾乎繞了下北半島的北邊一圈，於湯野川溫泉住兩晚之後，沿海巡遊脇野澤村的九艘泊、牛瀧、佛之浦、長後、佐井、下風呂等偏僻漁村，宿於恐山，恐山是此行的目的地。另外也在陸奧市的田名部投宿，巡遊稻崎、尻勞、猿之森、田代、砂子又、鹿橋等散落各處的小聚落。

回程於岩手的遠野和宮城的鎌先溫泉各住一晚。

十月【九州】

爲《朝日畫報》出差前往國東半島，進行佛土「六鄉滿山」的寺廟巡禮，再去福岡縣巡禮篠栗靈場。

篠栗靈場是四國遍路的迷你版，三、四天內就能繞完八十八處。路程饒富變化，有山有谷還有幾座瀑布，比起四國靈場，我更喜歡這裡。

去國東半島的磨崖佛、石佛群取材，也訪問了難得可見的琵琶法師[5]。船行至樸實的姫島。

《朝日畫報》的遊記就此結束。痲瘋病的今神溫泉、木地師的君之畑、白峰的叫化村、四國遍路、篠栗靈場、鬼魂縈繞的恐山、國東半島的佛土等等，這一切對我來說就是場異界之旅，且地點的選擇全由我擅自作主。

昭和四十六年（一九七一）

三月【瀨戶內・信州】

與太太巡遊宿場。兵庫縣的室津是知名的海路宿場。下榻室津，行經相生，搭乘赤穗線在日生停留，前往西大寺遊覽。牛窗也是海路航線上的宿場，於此住一晚後船行小豆島，順道巡遊靈場。從小豆島的福田船行姫路，途經大阪，造訪草津線的東海道宿場——三雲、水口，半途停留信樂。

5　琵琶法師：在路上彈奏琵琶的盲眼僧人，起源很早，至少平安時代便已經存在。

行經名古屋，遊覽中山道的妻籠宿、藪原宿、奈良井宿。來到松本，並造訪會田宿、篠之井線的青柳宿、麻績宿。短短八天七夜就跑了這些地方。

五月【會津】

與《朝日畫報》的老班底一起去看檜枝岐歌舞伎[6]。入住前年與T造訪的湯之花溫泉，繞道木賊溫泉，於檜枝岐住兩晚。

繞道只見川，走訪玉梨溫泉、偏鄉的太郎布和大谷聚落，下榻早戶溫泉。於會津若松下榻東山溫泉，在此地與同行者分道揚鑣，我再度折返只見線，參訪柳津虛空藏尊，下榻西山溫泉。接著繞至會津線，下榻湯野上溫泉。造訪大內宿附近的中山宿，走訪楢原、彌五島、湯野上的農村。

回程南下會津西街道，參觀山王茶屋。前往橫川宿，宿於中三依，遊覽五十里湖並去了鬼怒川溫泉。全程九天八夜。

六月【山梨】

偕同總是有閒無錢的T巡遊富士五湖，遊覽忍野八海。以前就想造訪西湖

6 檜枝岐歌舞伎：始於江戶時代的農村歌舞伎，檜枝岐的農民在江戶欣賞了歌舞伎後深深喜愛，於是模仿回村子裡表演給其他村民看，後來發展成南會津區域的重要娛樂。

畔美麗的根羽聚落，但聚落已於五年前被洪水沖毀。本欲從精進湖前往古關、蘆川村，無奈當時的女坂無法通行。於本栖湖住一晚，參觀身延山久遠寺。回程上，造訪初鹿野舊甲州街道的駒飼宿。此行也登了笹子峠。

十一月【千葉】

與時任水木茂先生助手的鈴木翁二、北川和義，前往外房的太海一遊。

昭和四十七年（一九七二）

一月【九州】

與太太共遊九州。在小倉一日遊後，造訪杖立溫泉、日田的水鄉，遊覽阿蘇火山口。順道巡遊宮原線的峐之湯、岳之湯、壁湯等地，也去柳川和長崎遊覽。從長崎橫渡至平戶，再從平戶繞道伊萬里，走訪佐賀縣鹿島市濱町的漁村與白石町的老屋群。於附近的愛情賓館住兩晚，印象中費用比普通旅宿便宜。

繞道兩年前造訪的篠栗靈場，經過兩次的巡禮，幾乎繞遍八十八處。從小倉搭渡輪踏上歸途，全程十天九夜。

五月【千葉・茨城】

再度與T漫無目的地出遊。於外房大原住一晚，去銚子的外川漁港與犬吠崎燈塔，於笹川遊覽與俠客笹川繁藏[7]有淵源的寺廟。走訪佐原町與潮來，於霞之浦對岸的麻生町住一晚。眺望錯落於北岸的農村風景，行經石岡，遊覽筑波山。

九月【千葉】

我嚮往鄉下生活，與太太走訪大原、天津小湊、上總湊物色土地。於大原住一晚。

十一月【千葉】

再度前往大原尋地，住兩晚。

7 笹川繁藏（一八一〇～一八四七）：江戶時代的俠客，是知名說書故事《天保水滸傳》中的角色原型。

十一月【千葉】

再次爲了尋地，偕無聊男兒T前往大原。從川崎搭渡輪至木更津，從內房保田翻越橫根峠抵達鴨川，取道鄉間小路。於太海住一晚，隔天到鵜原海岸和勝浦一遊。

行經內房時，本想去我一直很好奇的鹿野山宿場，可惜錯失良機。

昭和四十八年（一九七三）

四月【伊那】

受企業刊物《GRAPHICATION》之託，與《朝日畫報》的老班底從天龍川的下游逆行而上，漫無目的地走訪古道與宿場。

參觀佐久間水壩，下榻信州街道的水窪宿。走訪平岡，造訪秋葉街道遠山鄉的上村宿，下榻深山的祕境——下栗尾聚落。順路去看三州街道的上市田、大島、片桐，但是已無昔日面貌。走訪大鹿村附近的小村落，下榻鹿鹽鑛泉。

投宿伊那市，也去了南澤鑛泉，甚是乏味。前往高遠賞櫻、住宿。去三州街道走訪箕輪村羽廣附近的農村，爲祭典取材。

五月【福島】

偕太太巡遊溫泉療養地，造訪水郡線的母畑鑛泉、南會津的長沼。下榻我鍾愛的岩瀨湯本、二岐溫泉，又回到水郡線，投宿湯岐鑛泉。附近的谷川鑛泉也不賴，可惜沒機會住。

九月【千葉】

夫妻倆的小旅行。去大原下榻常住的國民宿舍。在大多喜沒有投宿熟悉的商人旅宿「壽惠比樓」，而是下榻「大屋」。入住商人旅宿也是我出遊的樂趣之一。

昭和四十九年（一九七四）

四月【山梨】

與T驅車造訪甲州街道上野原以西的犬目宿。五年前（昭和四十四年）誤入此間時，宿場的型態尚保留完善，但我不太確定犬目宿位置，於是想去確認。

順道去猿橋，從大月造訪金山鑛泉，當時應該去了橋倉鑛泉的破宿，但想不起來是在昭和四十四年或這次。

接著從大月去都留市，翻越山頭前往道志村。

昭和五十年（一九七五）

三月【栃木．茨城】

與T兜風，漫無目的地晃蕩。走訪足利町、佐野町與葛生等地。宿於栃木，行經小山，巡遊水戶線的結城、下館、笠間等鄉下小鎮。

從土浦前往霞之浦西岸的江戶崎。江戶崎是江戶時代的繁榮港都，如今已被遺忘，成爲寂寥的鄉下小鎮，我很中意此地，甚至想長居。

三月【山形・宮城・福島】

受企業刊物《GRAPHICATION》之託，與老班底同行，進行渡船的採訪。從最上川上游的米澤、長井市、白鷹町一帶，行至朝日町、寒河江，繼續往下游的大石田而去，造訪零星的幾個渡口。下榻朝日町、銀山溫泉、肘折溫泉，在新庄與大夥告別，搭乘陸羽線造訪古川市。沒有繞道鳴子溫泉。

來到仙台，宿於鹽釜，稍微南下去看名取川河口、位於閖上的貞山運河。運河之景近似於浦安的水道。

此行也造訪了福島縣二本松附近的舊二本柳宿，下榻磐越東線的三春。前往平，走訪小名濱、江名與海邊。

九月【兵庫・京都】

應雜誌《太陽》之邀探訪溫泉，與作家田中小實昌先生等人同行。於城崎住兩晚，走訪曾是宿場的村岡町，到湯村溫泉一遊。

回程於福地山揮別同行者，前往大阪與先行回娘家的太太碰面，遊覽生駒山下的石切町；石切是個中藥店成排的詭異地方。下榻京都，遊覽市區。

昭和五十一年（一九七六）

六月【新潟・群馬】

雜誌《Poem》的差旅，與詩人正津勉先生同行，重遊昭和四十六年去只見線柳津附近造訪的西山溫泉。從會津若松前往新潟，至角田濱走訪懷舊的「解毒藥販[8]」發源地。從三條市前往祕境下田村的遲場，結果遲場並不祕境。

回程投宿群馬縣的湯宿溫泉，遊覽沼田町。

8 解毒藥販：沿路叫賣解毒藥的行腳商人，通常為未婚女性，解毒藥指的是腸胃、腹痛類的藥。藥販從新潟出發，遠及關東一帶，行商可能長達半年之久，所得用以貼補家計。

九月【東北】

與正津勉先生爲《Poem》的連載探訪溫泉。前往鮮爲人知的湯之神，湯之神位於秋田縣大曲市附近的南外村。時隔七年重訪黑湯，造訪昭和四十二年時沒去成的泥湯。

十一月【會津】

與正津先生同遊，四度下榻岩瀨湯本。自從昭和四十二年初訪後，對於鶴沼川的家畜小屋聚落始終耿耿於懷，此番亦稍有掛記於心，卻依舊沒尋著。

時隔五年，重遊只見線的早戶溫泉。造訪附近的大鹽溫泉，回程下榻那須的北溫泉，此乃第三度。

※一九七七～八〇年，適逢太太大病、要照顧小孩以及我的精神官能症，期間皆未出遊。

昭和五十六年（一九八一）

四月【伊豆】

精神官能症小癒，久違來一趟家庭小旅行。前往湯之野、下田，從下田來到小半島，投宿須崎漁村。全程三天兩夜。

八月【千葉】

應弟弟柘植忠男與其友人之邀，前往太海的海水浴場。住了兩晚，但是精神耗弱，一直難以專注遊程。滄海桑田，太海也乏味了。

昭和五十七年（一九八二）

三月【群馬】

《小說現代》之差旅。精神官能症發病中，爲防萬一請家人陪同，目的地也選擇熟悉的湯宿溫泉。此行也下榻附近的湯之平溫泉。

爲了生活強忍病痛而行，遊之甚苦。

十月【山梨】

爲了漫畫設定的場景，帶著家人前往甲府的昇仙峽拍攝風景照。此行還去了身延線下部附近的釜額村。全程三天兩夜的小旅行。

十月【千葉】

小孩頗愛旅遊，家庭旅遊的次數變多了。於大原住一晚。造訪太海附近的江見，於內房的富浦住一晚。初來富浦，見此地偏僻，甚佳。

昭和五十八年（一九八三）

八月【千葉】

再次應弟弟等人之邀，於太海住兩晚。我樂與弟弟共遊，但陌生人眾多，與外人同行讓我愈來愈痛苦，因此後來也漸漸沒有出差旅行的意願。

昭和五十九年（一九八四）

七月【伊豆】

健康抱恙，漸漸失去對旅遊的興趣，變成一年頂多遊一、兩次，而且都是陪家人就近解決。於湯之野、湯之島住兩晚。

九月【山梨】

中央線的上野原附近有鶴鑛泉、仲山鑛泉、金子鑛泉，三間都是老舊的鄉下旅宿，如今我依然喜愛陋宿，於是造訪了鶴鑛泉。雖可惜不得而住，但極盡破爛的旅宿使我深受感動。

昭和六十年（一九八五）

五月【東京】

檜原村是我昭和四十一年起開始愛上旅遊的契機，此番重遊檜原村與奧多摩的御岳，是三天兩夜的小旅行。前往鄉下旅宿網代鑛泉，並參拜御岳神社。

八月【山梨・神奈川】

陪家人到下部、湯河原、箱根住三晚。觀光勝地不對我胃，因此我從沒把箱根和下部放在眼裡，此番爲初訪。

昭和六十一年（一九八六）

六月【神奈川】

巡遊鎌倉的寺廟。二月曾於千葉的館山住一晚，也於鎌倉住一晚，或許稱不上是旅行。參觀長谷寺、大佛和建長寺。

八月【埼玉】

第四次的秩父行。下榻不動湯、柴原鑛泉，順道巡遊幾處札所。浦山溪谷、橋立鐘乳洞、四番札所金昌寺等地皆已經滄海桑田。

秩父有許多無住持的札所，我興起乖僻的想法，尋思不知是否能定居札所，過上叫化的生活。

昭和六十二年（一九八七）

八月【長野】

陪家人出遊，能就近去的地方有限，只好前往自己過去瞧不起的別所溫泉和鹿教湯。別所溫泉與東北的溫泉療養地相比，果然稍嫌不足。翻過山頭前往鹿教湯，與別所相比，鹿教湯更勝一籌。

九月【山梨】

受山梨友人之邀，遊覽鹽山鑛泉、惠林寺、放光寺等地。以前就對岩下鑛泉甚爲好奇，可惜此番造訪無法入住，不得已只好下榻乏味的石和溫泉。

回程停留上野原的鶴鑛泉，二年前使我深受感動的破宿已在改建中，我大失所望。

自從溫泉熱興起之後，處處都變得明亮整潔，實在遺憾。偶然迷路，誤入秋山村。

十一月【山梨】

我與自稱「栢植義春研究会」的詭異團體十數名成員，神遊（？）夜叉神峠山腳的桃之木鑛泉。順道去了甲斐國分寺、犬目宿和秋山村的富岡。

昭和六十三年（一九八八）

四月【千葉】

於外房大原住一晚。我希望能歸隱田園，於是前往養老鑛泉附近查探。遠離溫泉街之處，有一間遺世而獨立的旅宿——川之家，那附近的山谷甚佳。倘若沒有飯店，養老該是個極爲滄桑之地，我會想長居。

八月【群馬】

昭和四十二年與友人T造訪花敷、尻燒溫泉之時，錯失機會投宿附近的四萬溫泉，不過四萬也因溫泉熱潮而俗氣了。旅宿每間客房皆供應溫泉水，看到房間安裝小小的塑膠浴缸，甚感意外，前年在鹿教湯也見過同款的浴缸。不過這是要著泳裝入浴的時代，或許別無選擇。百無聊賴住了兩晚。

十一月【神奈川】

丹澤山下的鑛泉意外多，我去過大山神社兩次，卻沒住過鑛泉。我前往別所鑛泉和半原的鹽川鑛泉，但都沒有住下，最後投宿飯山鑛泉。別所和鹽川鑛泉皆爲陋宿，鹽川尤其讓我感動不已。鹽川瀑布位於幽暗的山谷間，極其寂寥悲慘，我深感震撼。

中津溪谷上游的宮之瀨在進行水壩工程，竣工後似乎會轉型爲觀光勝地，因此附近建起了歐風民宿和山間小屋，我敗興而走。

平成元年（一九八九）

三月【山梨】

兩年前偶然誤闖秋山村，著迷於其寂寥之情，這回從上野原進入秋山川，走訪散落在秋山川沿岸的數個小聚落。

這些年我總在考慮歸隱田園，秋山村也是候選之一，沒想到過了一陣子公布說磁浮列車會經過秋山村，讓我大失所望。

三月【東京】

前往奧多摩的鳩之巢和日原，進行兩天一夜小旅行。愈近的地方反而愈生疏，我以前從沒去過日原。遊覽了鐘乳洞和日原聚落。

鐘乳洞附近雄偉的景色令人嘆爲觀止。我發覺懾人的景色不使觀者感物生情，但是具有「無心」的力量，在大自然面前，我感覺到自己渺如螻蟻、微乎其微，即將消失歸於無。此行使我受到靈魂深處的震盪。

平成二年（一九九〇）

四月【山梨】

溫泉在熱潮興起之後變得百花齊放，相較之下，我若干年前就著迷於鑛泉的寂寥。此行從中央線的初鹿野到日川上游，造訪田野鑛泉和嵯峨鹽鑛泉。然而位於深山的嵯峨鹽仍是閒俗氣的旅宿，令人失望。沿途經過的木賊村，反而是韻味更強烈的聚落。

我感嘆各地因近代化而俗氣，又自知爲此感嘆才不合常理，於是我對陰沉寂寥之旅的著迷愈發強烈。如此一來，能去的只有遠離塵囂的深山，而我也漸漸開始嚮往山林。但是對於運動或健行這種正向的登山活動，我毫無興趣。

平成三年（一九九一）

三月【奈良・木曾】

趁著春假遊覽奈良，慶祝小孩國中畢業。走訪奈良町、高畑町附近的老房子，重遊二十年前造訪的新藥師寺與柳生街道的瀧坂道。東大寺、法隆寺、長谷寺、寶生寺等地的古老佛像令人感動。時間有限，可惜沒看到八木、大宇陀的老屋。

陪孩子前往伊賀上野的忍者屋敷，發現這兒是徹頭徹尾騙小孩的地方。來到名古屋，搭乘中央線踏上歸途。為了讓孩子增廣見聞，繞道木曾的妻籠宿。妻籠如今是蓬勃發展的觀光勝地，與二十年前大相逕庭。此行全程六天五夜。

後記

我喜愛旅行，一直想著有一天要梳理遊記類的文章，然而我不但不善寫作，也不懂怎麼寫「遊記」、不知遊記有何體例規範，因此時不時要練筆。

收錄於本書的未發表文章，都是暗自偷寫的練習作，而且寫的淨是自己的事，缺乏客觀的描寫，我想這些應該仍舊很不「遊記」。

昭和四十一年到五十一年之間，我熱衷於旅遊。但是昭和五十一年後，礙於健康問題，我便少遊了。頂多趁著孩子的春假、暑假期間，一年出遊一、兩次，就近住個一、兩晚。此外，上了年紀後，出遠門使人分外煎熬，再加上旅費又會壓迫到家計，於是我愈發倦於出遊了。本書題名「貧困旅行記」，只因旅遊之貧困，遊程與自己之貧乏。

柘植義春

解說——「貧困旅行」的背後

夏目房之介（漫畫專欄作家）

在開篇的〈蒸發旅行日記〉中，柘植義春冷不防啟程九州，唐突地要與素未謀面的女性結爲連理。

等一下，這到底是什麼故事啊……此刻再慌張都爲時已晚。

你已經墜入了奇異的柘植世界，因此發現篇名本就有「蒸發」二字之後，只能假裝恍然大悟「對喔，是『蒸發』啊」，然後繼續讀下去。儘管看到了「蒸發」，也不代表就能恍然大悟什麼。然而比起這些，看到主角在列車上遲疑不決、這個不是那個不是的時候，你心中驚愕；看到他突然跑去九州的時候，又爲他擔心對方的反應……轉眼之間，回熊本的女工、脫衣舞孃、他想娶的護士接連登場，他與她們之間諸多你來我往，等回過神來，你已經徹底被捲入柘植式旅行。

故事開始得唐突，對於主角沒有太多「內心世界」的解釋，儘管如此，卻又覺得自己知其所以然。只是仔細想想，如果想爲陰沉主角帶路的女工很突兀，那麼讓他把臉埋進自己雙腳又讓他約出場的脫衣舞孃、開朗迎接主角的護士，以及對於她的開朗失望透頂的主角，每一個人都很突兀。故事的發展一直出乎我意料，奇外有奇，怪上有怪。

但是神奇的是，這一切都像事實……應該說都很「眞實」。柘植義春這個人，肯定會吸引到這種突兀又神奇的關係（尤其是男女關係），最後你會得到這樣的結論，並欣然接受。不，既然本書收錄的是散文，內容多半屬實，不過這些篇章建構出的世界，與我十幾歲左右著迷的柘植義春旅情漫畫，我覺得兩者有相同的結構。

東京山手線範圍內出生長大的我，從不知有山有水的生活環境爲何物。後來我到日本各地旅行，發現無山無水的環境反而稀奇，才覺得自己好「平整」。縱使不提環境，我從十幾歲開始就認爲自己是沒有輪廓的浮萍，飄無定所，我開始習慣讓思緒圍繞著自己、自己、自己不斷空轉。我曾想過或許這是因爲，在東京這個城市長大的人，沒有「陰影」。

上高中的前夕，我突然與友人相約去爬高尾山。上上下下的山路與隨地形變化的風景使我驚艷，從山坡上冒出來的平凡無奇的大石頭使我著迷，我躺在石上，體會到神奇的解放。這話說來平常，但是我感覺那裡很明確有石頭這個堅硬物的存在，接觸到石頭的一部分身體至少也是存在的，這讓我體會到一種鮮明的「存在（existence）」感。時年一九六六。

高中時代我嘗試過幾次搭便車之旅，走訪諏訪、糸魚川和身延等地。說來說去，我可能是想在自然風景中，感覺自己身體的輪廓。我想把自己緊密地嵌入一片風景中，我想感覺自己的存在並且融入其中，我想消除自己的形體。我的衝動，可能就是這麼一回事吧。

行文至此，我突然發覺，泡溫泉不也正是這種感覺嗎？早已存在於自然風景中的露天浴場，就是能夠回應這種衝動的「裝置」。花卷附近的大澤溫泉有一處鄰著河岸的露天浴場，入浴時，同時會有人走過河上的橋樑。此時我會產生很理所當然的感受：「啊，從那裡可以看到我這個泡露天溫泉的裸體中年人啊。」我自己也過了那座橋，發現在當地溫泉療養的老人果然還是比觀光客更能融於景中，不禁納悶觀光客到底是哪裡不對勁？光是鳥兒啼飛過頭，我就得到了強烈的欣慰，彷彿自己賺到了。

〈日川探勝〉中，有一段寫到柘植義春試著邊聽音樂邊在溪流散步。就我記憶所及，他的漫畫幾乎沒有出現過音樂，聲音本身在漫畫中受到極度的壓抑，這是一種讓無聲的風景自我表述的手法。該怎麼說呢？我以前進入無響室體驗過，而柘植義春的漫畫就具有相似的效果。無響室中沒有任何聲響，你會聽到耳朵深處有一個「嗡」的聲音，即便身後有人講話，聲音聽起來也有幾公里之遙。這種體驗既孤獨卻又莫名迷人，彷彿自己與世界之間形成一層薄膜，而曚曨的卻是自己。

坐在堰堤上戴著耳機聽音樂，這一段描寫的聽覺效果反而不是音樂，而是無聲。你彷彿可以在風景之中，看到遠方孤伶伶佇立的、曚曨的自己，如同走進他的漫畫一般。柘植義春寫道：

「我邊走邊聽，落腳於旅宿外一公里的下游堰堤上，坐下身來闔起眼簾，我看見豆大的自己行走在遠方斷崖，光芒萬丈的阿彌陀佛如來從峽谷彼端的雲層中現身，恍如『來迎圖』的場景。」

看到這段，我第一個想到的是〈哄亞拉洞的弁先生〉[1]（一九六八年）。柘植義春的漫畫迷都知道，那一篇出現了河邊釣魚的場景。弁先生用搥子敲打岩石，在大雪覆沒的世界裡，傳出了響亮的「鏗」聲。此時魚群翻白眼浮出水面，可是身爲主角的旅人拿著撈漁網沒有動作，他陶醉地閉上眼睛，心有戚戚地說：「眞是好聽，會沁入心裡的聲音。」接著下一頁，畫面拉出了雪中溪谷的遠景，景中有兩個小人影。

「你在發什麼呆，魚都跑了啊！」

「我現在……在信濃川捕魚……」

我極愛這個場面。對於高三的我來說，這是個很理想性的場面，自己不但

1 一九六八年發表於《GARO》。中文版收錄於《柘植義春漫畫集3：枯野之宿、窗邊的手》（二〇二一年，大塊文化）。

嵌入了自然，同時也融入了風景。但是後來按照時序重讀柘植義春的作品後，我才發現那個場面只是吉光片羽，只是風景與「自己」（即柘植義春）的蜜月期。該篇帶來的慰藉，在柘植義春的作品中漸漸轉化爲具強迫性質的不安。不對，當主角當下想起「我現在」如何如何並開始審視自己時，便已揭示他無法融入風景的事實。

從此以後，落魄的放逐與人生在柘植義春的作品之中，愈來愈常與不安和恐懼同在。但是神奇的是，對於讀者如我來說，那反而讓人莫名安心，也讓人感覺到一種幽默感，引發不知所以地竊笑。我想，不管時隔多少年，我都還是會突如其來地想讀柘植義春的漫畫，我會想要再見到〈義男的青春〉[2]或〈無能之人〉[3]那種陰鬱又丟人現眼的可笑。

我三十歲前後曾陷入嚴重的憂鬱狀態，有一次我強灌自己喝不能喝的酒，然後上新宿街頭徘徊。當時有兩男一女靠坐在大樓牆外，並把罐子的蓋子放在地上，接受醉酒之人的零錢施捨。我莫名其妙和他們聊了開來，聊到後來他們叫我「過來坐」，我便坐近了一起喝酒。新宿街頭我早就看慣了，但是直到此時此刻，直到我坐在路邊抬頭看的當下，才發現它擁有截然不同的面貌。我從

2 一九七四年發表於《漫畫Sunday》。

3 一九八五年發表於《Comic獏》。中文版收錄於《柘植義春漫畫集4：無能之人》（二〇二二年，大塊文化）。

屁股下方感受到「不會再往下了」的訊息，對於無可救藥的自己，我既覺得可笑又喜出外望。柘植漫畫的可笑感，多半也如出一轍吧。

一九九〇年，我應雜誌之邀前往介於秋田和岩手縣邊境的御生掛溫泉取材。聽說此地不是一般的溫泉，他們會利用地熱，在地面罩上東西就寢。我心想「不會吧」，結果還眞的是。那兒就是柘植義春在〈溫突小屋〉[4]（一九六八年）中畫的那個溫突，他筆下的蒸之湯就在附近。於是該篇邀稿我便從〈溫突小屋〉開始寫起。

除此之外還有幾個地方，我雖然沒有特別去找，卻殊途同歸。撇除湯河原和箱根這種人盡皆遊的地方，我還去過〈奧多摩貧困行〉的檜原村。我二兒子說課本中出現了檜原村，他也想去一趟。不知道爲什麼，二兒子是個熱愛公共澡堂和溫泉的溫泉狂。〈伊豆半島周遊〉開頭出現的松崎我也去過。

我在溫突中眞的很不可思議地睡著了。小屋房間（約二疊大）的地面鋪著地墊和草席，舉目空無一物，我卻酣睡到世界都融化，連服務人員來敲門都沒醒。如果說露天溫泉的功能是讓人感受融入風景中的自己，溫突就是更進一步，直

4 一九六八年發表於《GARO》。中文版收錄於《柘植義春漫畫集3：枯野之宿、窗邊的手》（二〇二二年，大塊文化）。

接讓人融化。

在〈日川探勝〉聽音樂的柘植義春並非〈哄亞拉洞的弁先生〉的主角，他不但想像自己出現於自己不存在的地方、眺望那個自己，甚至召喚了山越阿彌陀如來。如果是在溫突沉睡前的片刻，我或許也能在那個場景中嵌入自己。又或者，倘若我在〈養老（年金）鑛泉〉老爺爺挖的洞穴中永無止盡地潛行，總有一天能抵達那樣的地方嗎？還是說我抵達的會是迷途者才去得了的〈貓町紀行〉小鎮？我是個路痴，說不定我有一天也能窺見貓町的樣貌。

（平成七年（一九九五）二月）

國家圖書館出版品預行編目 (CIP) 資料

貧困旅行記 / 柘植義春著 ; 陳幼雯譯 . -- 初版 . --
臺北市 : 大塊文化出版股份有限公司 , 2022.10
316 面；14.8×21 公分 . --（walk ; 28）

譯自：新版 貧困旅行記
ISBN 978-626-7206-00-3（平裝）

861.67 111013781